Infantaria
～インファンタリア～

サーカス　原作
村上早紀　著
七尾奈留　画

PARADIGM　NOVELS 117

登場人物

ランカード=ケーブル

ソフィア姫の近衛騎士。姫をひそかに警護するため、カナリア幼稚園に園長として派遣される。

ソフィア=イヴェール=ラレンシア

イヴェール国の王位継承者。世間知らずだが、がんばり屋で芯が強い。

レマ=スタニスワフ

保母の一人で、魔導士でもある。一見無愛想だが、花を育てるなど優しい一面も持っている。

マイシェラ=クリスティン

保母の一人で、ランカードの幼なじみ。彼のことを「お兄ちゃん」と呼んで慕っている。

コリン=アルネイル

幼稚園のコックで、一流シェフに負けない腕前を持つ。みんなの相談にのるお姉さん的存在。

クラウス=スタンフィールド

イヴェールに逗留中の勇者。武力に長け、魔導士でもある。国王の信頼が厚く、民に人気がある。

第3章 コリン

第4章 レマ

目次

プロローグ

もうどれくらいになるのだろう。

胸の中に消えない、憂鬱《ゆううつ》さが生まれてから——。

部屋の座り慣れた椅子《いす》に腰かけ、ソフィアはただ、窓越しに外を見ていた。

視線を移すと、大きな窓枠と格子がふと目に入る。

(籠《かご》の、鳥)

ふとそんな言葉が浮かぶ。首を振って、打ち消しはしたが。

「——ふう……」

ひとつため息をついて椅子を立ち、ソフィアは机の引き出しから小さな望遠鏡を取り出した。

ソフィアの部屋は、イヴェール城の中でも高い位置にあり、ベランダに出るとかなり遠くまで見渡せる。

ソフィアは遠眼鏡《とおめがね》を手に、ベランダへと歩み出た。気分が晴れない時には、彼女はよくここから外をながめるのだ。

吹く風は冷たいが、ソフィアにはもう慣れた気候だ。長いドレスの裾《すそ》を飾ったレースが、しゃらんと揺れる感触も肌に親しい。

常に雪に覆われているこのイヴェール王国も、さすがに全身が凍りつくほどの真冬の寒

さには、まだ間のある季節だ。

清く澄んだ空気の中、ぐるりと首をめぐらす。雪の白、針葉樹の緑。

(なんてきれいな、国――)

ベランダの手すりにもたれ、ソフィアはイヴェールの街並みを、それを取り巻く山々を見やった。心の中が、イヴェールの大気のようにだんだん浄《きよ》められていく。

だいぶ落ち着いてきた心に、ソフィアは小さく安堵《あんど》の息をついた。


落ち着いてくると、いろいろなことに興味がわいてくるものだ。

ソフィアはそのまま視線を城の敷地内に移した。

こまごまとした日常の業務のために立ち働いている使用人たちや、訓練場で腕を鍛えている城の騎士たちが見える。

(みなさん、ご苦労様です)

ソフィアはそっと心の中で頭を下げた。

みんな、とても生き生きと動いている。それはつまり、この国が平和で、それなりにうまくいっているという証拠のようなものだった。

父が治める国の平和は、今はひとり娘である自分の平和に他《ほか》ならない。しかし時が流れ、いざ自分がこの国を継ぐようになった時、それが守れているかというと、ソフィアにその自信はなかった。

（この国の王女として——……）

少し晴れたはずの心が、また翳《かげ》りを帯びる。

と、うなだれるように軽く視線を伏せたソフィアの視界に、ひとりの青年の姿が飛び込んできた。

「あら」

とても目立つ動きは、それが誰《だれ》だかソフィアにも容易に想像がついた。

「……あれは、クラウスね」

ソフィアはひとりごちて、望遠鏡を目にあてた。訓練場でひときわ鮮やかに剣を振るっている整った顔立ちの青年は、やはり勇者クラウスであった。

クラウスがイヴェール王国に来てまだそう経《た》たないのだが、剣の腕だけでなく魔導士としての能力も高く、何よりも人望が厚いことで国王の信を得ている。

ソフィアが見ている間にも、クラウスはひとり、またひとりと勝負しては相手を打ち負かしていた。踊るように素早い剣の動きが美しく、ソフィアは小さなため息をついた。

（さすが勇者クラウス。彼がいてくれれば、この国も安心ですわ）

ひとつ頷《うなず》いて、ソフィアは望遠鏡を動かした。

繁華街に目をやると、こちらも忙しく道を行き交う人や、さまざまな食料品や日用雑貨を売る店でものを売る人、買う人と、街は活気にあふれている。

(なんだか、みんな楽しそう……)

ソフィアは繁華街などに出たことはない。その場所がイヴェール王国の中でいちばんにぎやかで、栄えてることだけは知識で知ってはいたけれど。

そこにはソフィアの窺《うかが》いしれない、しかし確かな『日常』があった。

かすかな不安と、焦燥感《しょうそうかん》。

「やっぱり――このままでは、いけないわ」

ソフィアは少し強い語調で言って、そろそろ部屋に戻ろうかと望遠鏡をまた動かした時だった。

(あら？)

「まあ、かわいい！」

思わず口に出して言い、ソフィアは知らず微笑《ほほえ》んだ。

小さな子供たちが十人くらいだろうか？　二人ずつ手をつなぎ、若い娘に先導されて、広場へ続く道を歩いている。

(幼稚園の子供たちね)

となると、先導しているのはきっと保母さんなのだろう。やがて広場に着き、先生が子供たちに向かって何かを言うと、子供たちがばらばらに散った。

（何をしてるのかしら？）

しばらく見ていると、子供たちは広場の思い思いの場所に座って、白い紙を目の前に広げて手を動かし始めた。

（ああ……絵を描《か》いているのね）

ソフィアはまた微笑んだ。さすがにどんな絵を描いているかは、望遠鏡を使ってもよく見えはしないのが残念だ。

そうしてソフィアが見ている間にも、保母さんらしい女の子は、遊んでいる子に声をかけたり、子供たちの描いている絵を覗《のぞ》き込んでは何かアドバイスをしていたりと、一時も休む様子を見せない。

（——まあ……たいへんですわ）

ソフィアは感心した。あれだけの子供たち全員に目配りするというのは、簡単なことではないだろうと推測はつく。

（あ）

絵を描く子供たちを追っていたソフィアの望遠鏡が、ある場所で止まった。

園児のうち二人が、広場の中で駆け出したのだ。ふざけているのか、じゃれ合うように走っては止まり、また走る。広場を行き交う人の間を縫うようにして、でもふたりははしゃぐのをやめない。

——と。

「あぶない、ぶつかるわ！」

ソフィアは反射的に叫んでいた。一方から歩いてきていた青年の目の前で、突然ふたりが走り出そうとしたからだ。

ぶつかりそうになるのを青年がとっさの判断でうまく避け、逆に子供たちを抱きとめた。

「……よかった——あら？」

ほっと胸をなで下ろしたソフィアは、その青年が城の騎士であることに気づいた。

「まあ、ランカード！」

望遠鏡で確かめると、やはりそうだ。

ランカード＝ケーブル。彼はソフィア姫の近衛《このえ》騎士であり、彼女に仕えてもう三年が経つ。近衛騎士の中でも、特にソフィアが信頼している青年だ。

そのまま見ていると、ランカードはふたりの園児の前にしゃがみ、何かを言ってから、ふたりの頭をくしゃくしゃ、と撫《な》でて立ち上がった。あわてたように駆け寄ってくる保育士の少女が頭を下げるのを、気にしてない、とでも言いたげに手を軽く振って、そのまま歩み去っていく。

「ランカード……」

ソフィアの顔に、ほのぼのとした笑みが浮かんだ。

その、健やかに伸びた背を見ても、思う。ソフィアの前でいたずらにかしこまるだけの騎士たちが多い中で、ランカードはどこかが違った。無論ソフィアに対しての敬意は失わないのだが、仕草にどこか自然さが残っていて、見ていて心地いい。

ランカードの自然さを生んだものは何だろう？

ふっとソフィアは考え、そして。

（……あ）

何かが、ソフィアの中でひらめいた。

（もしかして——ランカードなら……！）


ランカードは、横を歩いているソフィアをちらりと見た。

「姫さま」

呼ぶと、ソフィアはランカードを見上げて、少し厳しい顔をした。

「ランカード。その呼び方は」

「あ——申し訳ありません」

「その口調も」

「……すいません」

ランカードが頭をかくと、ソフィアがくすくす、と笑った。

「だめですよ、ランカードは『園長先生』なのでしょう？　今度行く幼稚園で、いちばん偉い先生になるのでしょう。だったらもっと、偉そうにしてくださいそうですね——」

いたずらっぽく、唇に指をあてる。

「私のお父さまをお手本にするくらいに」

「……それじゃあ偉すぎでしょう」

「そうでしょうか？　……うふふっ」

意外とこの姫さまは、人をからかうのが好きだな、とランカードはふと思った。

もっとも今はいかにも姫さま、というわけではない。特に単に服装だけを見ていれば、肩のあたりにケープのついたワンピース姿で、このイヴェールに住む普通の女の子がしているのと変わらないのだが。

ただ、とびっきり可愛《かわい》い。しかも、立ち居振る舞いはそうそう変わるものじゃないから、一国の姫らしい優雅な雰囲気は消えていない。

暮れゆく夕陽の中で、ソフィアの長い髪がきらきらと輝いて、風に揺れる。

（……まったく、困ったもんだ）

その微妙さが、何とも複雑な気分にさせられるのだ。

姫であって、姫でないような。自分と距離が近いようで、そうでないような。

確かに今日からは、ソフィア＝イヴェール＝ランシアではなく、彼女はソフィア＝アデネードとしてしばらくの間、生きることになるのだが。

（それにしても、姫様があんなことを言い出すとは――）

ランカードの意識が、ふっと過去へと戻った。

突然ソフィア姫が、ランカードを部屋に呼んだ、あの日へ。


「ランカード。あなたは、一国を治める者の資質とは、どのようなものだと思いますか」

「え――」

あまりにも難しく、あまりにも大きな質問を急に出されて、ランカードは面食らった。

「……ひとことで申し上げられるものではないと思いますが」

「そうですね。……でも例えば、その国の民の生活をまったく知らない者が、国を統《す》べる人間となることは間違っている。これはどうでしょう」

「――その通りだと思います」

ランカードが同意すると、ソフィア姫は頷いて続けた。

「私もそろそろ、国の将来のことに目を向けなければならない時かと思います。私はイヴエール国王の、たったひとりの娘。婿《むこ》を取り、この国を治める立場にいずれなるのです。……でも」

ソフィア姫の声が、震えた。

「机上での学問は、毎日のように続けています。歴史、文学、政治学……そのほかも、本から得られる知識はだいぶ増えてきたのかもしれません。でも私には、大きなものが欠けているように思うのです」

きっぱりと語る姫の顔は厳しく、だがそれはひどく美しい。

「ランカード」

そのきつい表情がふっとゆるんで、ソフィア姫の顔に柔らかな笑みが浮かぶ。

「この間あなたは、広場で幼稚園の子供たちとぶつかりそうになりませんでしたか？」

「え……は、はい。でも姫様、なぜそれを……？」

「これで見ていたのです」

そう言うとソフィア姫は、彼女の机の引き出しから望遠鏡を出して見せた。

「子供たちはとてもかわいらしかった。絵を描いたり、はしゃいで駆け回ったりする子供たちを見るにも、繁華街のお店のにぎわう様子を見るにも、私はこれを使うしかありませんでした」

姫が大きくため息をつく。

「見るだけでわかることなど、たかが知れています。そこから想像や推測はできますが、それが真実だとどうして決められるでしょう。私がしていることは、危険な予断かもしれないのです」

そして、またきっ、と表情を変えた。

「目で見る知識ではなく、肌で触れる経験が、私には必要だと思うのです」

決然とした声で、ソフィア姫は言った。

姫の決意を知ったランカードは、それを国王に進言した。国王は驚き、そして自分の愛《まな》娘《むすめ》がいつの間にか国の将来のことまで考えるようになったことに目を細め——。

三日と経たないうちに、王命は下った。

民の生活を直接肌で感じるために、ソフィアはその身分を隠す必要があった。

そしてランカードも、彼女をひそかに警護するために、一緒に派遣されることとなった、その選ばれた場所とは——。

「あ、見えてきましたよ」

「まあ……あれが、カナリア幼稚園？」

ランカードが指さすと、ソフィアはにっこりと微笑んだ。

「かわいらしい建物ですね。それに、とてもあたたかい感じがします」

ランカードを見上げる。

「今日からあそこが、私たちの生活する場所になるんですね」

「そうです。あなたが、保育士として働くところです」

「どんなことが待っているんでしょう……。わくわくしますわ」

指を胸の前で組んで、ソフィアはうっとりと幼稚園を見つめた。

(本当に——この人は)

ランカードはソフィアを見つめつつ、思う。

こんな夢見るような顔は本当に可愛いのに、王女である時に見せる毅然《きぜん》とした態度と表情は、見とれてしまうくらいに印象的で美しい。

今回護衛を任されるのだと聞いた時、実を言えばランカードは、辺りを駆け回りたいくらいに嬉《うれ》しかったのだ。王女付きの近衛騎士になって三年、ひそかにソフィアを見つめ続け、彼女を護《まも》ることは誇りであり、歓《よろこ》びだったのだから。

今、ソフィアが初めて接する新しい世界に、彼女を助け、護ることができる立場にいる自分——。

「あなたは、この幼稚園の出身なのですよね？」

ソフィアの言葉に、ランカードは頷いた。

幼稚園が修行先に選ばれた理由としては、イヴェール王国の幼稚園に対して国から援助が出ているからだが、それがカナリア幼稚園だったのは、おそらくランカードが過去通っていたからもあるのだろう。

「ええ。もう、十数年も昔の話になりますが。ちょっと見たところ、何も変わってないように見えますね」

言いながらランカードは、少し笑った。ソフィアが不思議そうにランカードを見つめる。

「どうしましたか、ランカード？」

「いえ――変わった様子はないんですが、私が大きくなったからでしょう。なんだか、全体の感じがひと回り小さいように思えます」

「そうですか……」

歩みを止めずに、ソフィアは黙った。

「どうしました？」

今度はランカードが問う。

「……その頃《ころ》のあなたは、どんな子供だったんでしょうね、ランカード。逢《あ》ってみたかったように思います。……私にはできないことだったでしょうけれど」

「姫さま……」

ソフィアは一国の王女として、ずっと城の中で、乳母や教育係に様々な物事を教わってきたのだ。ほかの、同年代の子供たちと遊ぶこともなく。

城の騎士であること以外は普通の民として暮らしてきたランカードには、到底窺《うかが》い知れない世界だ。だが同様に、ソフィアにもランカードの生きてきた世界は遠い。

あまりにも、遠い――。

「さあ、着きました。――いや、着いたよ、ソフィア」

懐かしいカナリア幼稚園の前で、ランカードは故意に言葉遣いを変えた。

もうここからは、姫と騎士ではない。園長のランカード＝ケーブルと、保育士のソフィア＝アデネードなのだ。

（慣れないけれど……慣れなくちゃな）

昨日まで、いや今も実際は王女と騎士の関係を、どうやってもすぐに変えるというのは難しいのだが、ソフィアの身分をばらすわけにはいかない。ソフィアにも、王族でない普通の民らしい行動や仕草を取ってもらうということにはなっているが――そう簡単にいくだろうか。

（気を引き締めないとな）

改めて自分に言い聞かせる。しかしどうもぎこちないというか、緊張するのだが。

「はい、ランカード」

一方のソフィアは、ランカードの意志が伝わったからか、彼を見て満足そうに笑った。

「じゃあ、ソフィア。このベルを鳴らして」

「ベル？」

「来客が来たことを知らせるベルだよ」

「ああ——はい、これですね？」

ベルについたひもを前に、ソフィアがごくりと唾《つば》を飲み込んだ。

(おいおい……緊張してるよ)

自分も緊張していたのを棚に上げて、ランカードは思った。

しかしソフィアが何をするって、ベルを鳴らすだけなのだ。これだけで緊張していたら、この先どうなることかと思うが……。

だが、それすら微笑ましく見える自分が、ランカードはちょっと情けなかったのだが。

「では、いきます」

すうっ、と息を吸い込んで、ソフィアがひもを引く。

リンゴーン、という澄んだ、しかし思ったより大きな音に、ソフィアが一瞬びっくりした顔をした。

と。

『はいはぁい、ちょっと待ってくださいね〜！』

中から、ずいぶん可愛らしい女の子の声が聞こえた。

そしてぱたぱたという足音が近づいてきて、やがて玄関の扉ががちゃり、と開いた。


一方――。

「それでは、失礼いたします」

にこやかな笑みを浮かべて、大臣の前を辞す。そしてそのまま自室の扉を開けると、途端にクラウスは表情を変えた。

「まったく……急に廊下で呼び止めるから何かと思ったが。あんなくだらない話をするためにロイエは私に時間をとらせたのか。腹立たしい」

外に聞こえないように小さな声で、しかしはっきりとクラウスは侮蔑《ぶべつ》の言葉を吐いた。

(そうだ――まったく、世の中の人間どもはくだらない)

クラウスは思う。

「まあ……しかし、彼らがくだらないからこそ、簡単なのだが」

にやり、と唇を歪《ゆが》めて笑い、クラウスはひとりごちた。

そう——突然現れた異邦人だというのに、元々持っていた優れた剣の力と、高い魔導の能力で、イヴェールの民はおろか国王の信をとりつけるのさえクラウスには容易だった。端正な容貌《ようぼう》に浮かぶ柔らかな笑みの仮面にだまされて、誰もがクラウスの真意に気づこうともしない。

そう思えば大臣へのおべっかも、重要な社交辞令ということであきらめもつく。

「ふふふふ……」

クラウスはどっかりと椅子に腰を下ろした。

「もうすぐだな。もうすぐ、この世界すら私の手の中だ」

傍《かたわ》らの小机に置いてあった酒を、グラスに注ぐ。強いそれをひといきに飲み干して、クラウスは喉《のど》の奥で笑った。

「手始めはまず、——あの姫か」

クラウスの脳裏に、ソフィアの姿が浮かんだ。

あの美貌《びぼう》と清廉《せいれん》な魂は、単に獲物としても魅力のあるものだ。

それに、人を疑うことを知らぬソフィアは、クラウスという人間を認め、心を許している部分があることもメリットだった。

もっとも、国王ですら簡単に信用させたクラウスなのだ。世間ずれをしていない王女など、何を苦労するでもない。

「……きちんと手順を踏んでさえいれば、時間の問題でしかないことだな」

視線を遠くに据えて、クラウスは思った。

姫は必要だ。だが、本当は――。

「それよりも隠された宝珠だ。姫が手に入ればわかることかもしれぬ。しかし……」

もう一度、空のグラスに酒を注いだ。

「この城のどこかなのか……それとも、ほかの場所にもあるのか――」

軽く首をひねる。

情報がまだ、不足していた。

「これは急ぎ調べねばならないな」

クラウスは小机の引き出しを引いて、奥から上質の布にくるまれた箱を取り出した。箱を開けると、子供が両手で包んでも余るほどの大きな宝珠が、ランプの光を受けて複雑な色に輝いた。

それは普通の宝珠とは相当違っていた。中に細かな、輝く流砂のようなものがある。

クラウスが掲げ持つようにすると、光の粒がらせんを描いて光った。

「これでは足りないのだ。ひとつではない……」

その輝きを見つめて、クラウスはつぶやいた。

「本当なら、時を待っている場合ではないのだが――まあ、いい。きちんと調査し、準備さえしていれば……」

　宝珠を箱におさめる。

「……いずれ、運命は回る。きっと。いや――私がこの手で回すのだ」

　また冷たい笑みを漏らして、クラウスは酒のグラスを唇にあてた。

第1章　さまざまな出逢い

「こんばんは。……どちらさまですか？」

幼稚園の建物の中から出てきたのは、かなり小柄な女の子だった。肩につくかつかないかの髪に、ミニスカートとエプロン。腿《もも》の半ばまで届くくらいのニーソックスが、また少女めいている。

「あれ？　もしかして」

きょとん、と首を傾《かし》げた姿がさらにちっちゃな子みたいで、ランカードは思わず笑いそうになった。

「お城からの通達のあった方たち、ですか？」

「はい」

ソフィアが優雅な笑みを見せて答えた。

「このたびイヴェール王家から就任の命を受けました、私は新人保育士のソフィア＝アデネードと申します」

「同じく就任の命を受けましたランカード＝ケーブルです」

ソフィアに続いて頭を下げると、女の子がじっとランカードの顔を見た。

「な……何か？」

少女がまじまじと、本当に穴が開きそうなほどに見る。ランカードは目をぱちくりと瞬かせた。

（え、俺《おれ》、このコに何かしたっけ？　初対面のはずだけど……）

そう思ってしかし、ランカードは何かひっかかる感じを覚えた。

（初対面――じゃ、ないのかな？）

考えてみれば見たことあるような……そう思った時。

「お兄ちゃん？」

突然、女の子がランカードをそう呼んだ。

「は？」

「お兄ちゃん、でしょ？」

「……はい？」

「――ランカード？」

ソフィアが不思議そうな顔で見上げてくるが、こっちが聞きたい。『お兄ちゃん』なんて呼ばれる筋合いはどこにも――。

（『お兄ちゃん』……？）

これもどこかで何かがランカードの中にひっかかって、ますますランカードは首を傾げた。

「やっぱりお兄ちゃんだ！」

「へっ⁉」

と、女の子がランカードの両手を取って、嬉《うれ》しそうに上下に振る。

「え……?」

(どうなってんだ?)

男として、可愛《かわい》い女の子に手を握られるのは悪い気はしないが——しかし、腑《ふ》に落ちない。

ぽかんとしているランカードに呆《あき》れたのか、少し女の子が唇を尖《とが》らせた。

「もう、お兄ちゃんてば、マイのこと忘れたの?」

「マイ……?」

でもすぐに顔をゆるめて、にこっ、と笑う。

「マイシェラだよ。マイの顔、覚えてないの? ひどいなあ、お兄ちゃんてば」

(……——あ!)

「——マイシェラ!? マイシェラか!」

「そうだよ、お兄ちゃん」

少女の嬉しそうな満面の笑みに、昔の記憶が重なる。

——そうだ。マイシェラだ……!

いつまでも玄関口で騒いでいるのも何だから、と、マイシェラはランカードとソフィアを幼稚園の中に招き入れた。

「すみません、申し遅れました」

そう言ってぺこりと頭を下げた後で、マイシェラは言った。

「わたし、このカナリア幼稚園で、代理園長兼保育士をしているマイシェラ＝クリスティンと申します。よろしくお願いします」

「マイシェラさんですね。こちらこそよろしくお願いいたします。ところで――」

ソフィアの視線を感じて、ランカードが説明を付け足した。

「私の幼なじみですよ。彼女がこの幼稚園の持ち主なんです」

「『お兄ちゃん』……というのは？」

「いや、その、本当の兄妹《きょうだい》というわけではなくて、あの頃《ころ》兄妹みたいに仲が良かったということです」

ソフィア姫にはそういう関係の子供などいなかったろうから、ランカードはていねいに説明をしてやった。

マイシェラがこの幼稚園の持ち主だとソフィアに言ったが、ランカードが通っていた頃は、彼女の両親であるクリスティン夫妻の持ち物だったのだ。数年前に両親は亡くなったと聞いてはいたが、葬儀も含めてマイシェラに会うことはできず、今回本当に久しぶりの再会となったのだ。

「そうでしたか……」

ソフィアは頷《うなず》きながら、ランカードの説明を聞いていた。

「では、嬉しい偶然の再会だったわけですね」

「ええ！　最初お城から通達をもらった時、見覚えのある名前だったのでびっくりして。でもほんとかな？　違うのかな？とずっと考えてたんですけど……よかった、本当にお兄ちゃんだったんだもん」

「こら、いつまでも『お兄ちゃん』って呼ぶんじゃない」

ランカードとしても、そうと知れれば懐かしい関係に、ついつい口調が当時のものになる。

くすくす、とソフィアが笑った。

「――何か？」

「いいえ。……初めて見ますわ、そんなランカード」

「…………そうですか」

言われて、少し照れくさくなる。確かに、ソフィア姫と接している時に、こんなにくだけた話し方はしない。

「でもその方があなたらしいのでしょうね、きっと」

「あの！」

突然、マイシェラが叫んだ。

「……えーと、ソフィア先生、園長先生。これからカナリア幼稚園の中を案内しますね」

「あ、はい――よろしくお願いいたします」

ソフィアが優雅に頭を下げた。これでスカートをつまめば、まるで舞踏会の時の貴婦人の仕草だ。生来の気品に加えて、きっちりと行儀作法を教え込まれたソフィアだ。口調よりも、まずこの仕草の方が目立ってしょうがないとランカードは思うのだが――。

(まあ、単に育ちがいいんだと思ってもらえればいいけど)

まさか姫君だとは気づかれないだろうとは思うものの、やはり心配ではあった。

(おいおい慣れていくだろうな、きっと)

とはいうものの。

(園長先生、ねえ)

初めて呼ばれるその名前は、ひどくこそばゆいものではあった。

「……さっきまでお兄ちゃん、って呼んでたクセに」

思わずぼやくと、マイシェラが腰に手をあてて言った。

「仕事になったら『先生』なの。けじめはちゃんとしないとね！」

偉そうに言われて、ランカードは思わずふき出しそうになった。

（これがあの、ちっちゃかったマイか……）

今でも小柄で、一見本当に小さな少女のようだけれど、中身はだいぶ成長しているようだ。そう――久しぶりに見た幼稚園が小さく見えたように、ランカードも成長し、時は流れている。

至極当然なことが、何かとても不思議だった。

（俺も少し緊張してるのかもな）

期待と不安に胸をふくらませているのは、おそらくソフィアだけではないのだ。ランカードもやはり、いつもの城の生活とは違う場所、違う立場を任されて、気持ちが高揚していることは間違いない。

（まあ、それでもマイがだいぶ楽にしてくれたか）

そんな中で、昔なじみがいるというのはとても心強くもあった。

（マイならきっと――ソフィアをあたたかく迎えてくれる）

その確信に、ランカードはひとりひそかに頷いた。

「まず、簡単に中を説明しますね。あとは自然に覚えていくとは思いますけど」

「はい」

マイシェラが先導する後をソフィアがつき、そのまた後をランカードが歩いた。

「ここが授業をする教室です。今は園児たちはいませんけれど。ソフィア先生には、最初はわたしの授業を見学してもらいますけど、そうですね——三、四日したら、ソフィア先生にも担当してもらおうと思っています」

「は……はい」

一瞬、ソフィアの顔が緊張したのを見て、マイシェラがやさしく首を横に振る。

「だいじょうぶですよ！　みんないい子たちです」

「そうですか……」

かすかに不安げな表情を残しているソフィアが気になるが、しかたがない。それは、ソフィア自身が言い出したことなのだ。

(きっと、これからいろんなことがあるんだろうなあ……)

しかも相手は子供たちだ。いやでもハプニングが付いて回ることは、すでにもう予測がついていた。

(姫さま、それが経験というものですよ)

少しうつむいた細い肩を抱きしめたい衝動を、ランカードはこらえる。

マイシェラの説明は続いた。

「ここがお昼寝室。園児たちはお昼寝するのも仕事なんです。寝る子は育つ、って言いますしね。それと、この職員室が先生たちの部屋です。園長先生とソフィア先生の机もちゃんと用意してありますよ。それから——」

廊下と、二階へ続く階段を挟んだ職員室の向かいの部屋を、マイシェラがノックした。

「コリンさん？」

マイシェラが呼びかけるが、返事はない。

「入りまーす」

（？）

ランカードとソフィアは顔を見合わせた。どうやら基本的な部屋の配置が変わっていないところを見ると、ランカードはこの部屋が食堂だろうと見当はつけていたのだが。

マイシェラがドアを開けた途端、なんとも食欲を誘ういい匂《にお》いが立ちこめていた。

（やっぱり食堂か。昔はこんなところ、入ったことはなかったけど）

昔の通りだったら、食堂で作られた給食を、園児たちはみんな一緒に教室で食べるのだ。だから、この幼稚園を知っているランカードにも、未知の領域ではあったのだが。

「まあ、いい香り……」

「黙って！」

ソフィアの言葉が厳しい声に遮られた。

（しーっ、静かに。……すいませんけど、ちょっとだけ静かにしていてください）

マイシェラにささやかれて、ソフィアは訳がわからないままに、恐縮したように小さくなる。

見れば奥の方に、声の主の背中だけが見えた。白いコック帽にスカーフ、真っ白の服。完璧《かんぺき》なシェフの格好だ。

大きなずんどう鍋《なべ》の前に立っているその背中は細く、答えた声から考えても明らかにまだ若い女性だった。

彼女がひとりいるだけで、食堂の空気がぴん、と張りつめているのがわかる。

一分くらい経《た》っただろうか。彼女が突然動いて、鍋の中に何かを入れた。

「よし」

ひどく満足そうな声が聞こえて、シェフはくるりとこちらを振り返った。

「紹介します。こちらは、カナリア幼稚園の専属コックのコリンさんです」

「あたしはコリン＝アルネイル、よろしく」

マイシェラの紹介にコリンがにっこり笑うと、急に部屋の空気が和らいだ。


「ごめんごめん、驚かせたみたいね」

ランカードとソフィアの紹介が終わると、コリンはみんなにテーブルにつくよう勧めた。

「明日の給食の仕込みをしてたの。スープ作りではいちばん重要なタイミングを計っていたから、返事するわけにはいかないでしょ」

「コリンさんはとっても仕事熱心で真剣な調理師さんなんです。だからすっごく、すっっっっっっっっごくおいしい料理を作ってくれるんですよ！」

「あー、マイシェラ。そんなに力まなくても……」

「だってほんっっっっっっっとうにおいしいんですよ？」

「あははは、そこまで言われると照れるね」

ショートカットの活発な外見に似合う、はきはきとした口調でコリンは言って大笑いする。

ランカードはようやく、さっきのマイシェラの行動の理由に思い当たった。

「ああ——だからマイシェラは、ノックの返事がなくても中にいるってわかってたのか」

「そう。よくあることだから」

マイシェラの答えに、ランカードはある意味で感動した。最初ははっきり言って（なんだこいつ）みたいな気持ちがないわけではなかったが、これは徹底した職人気質《かたぎ》だ。

「…………」

見ると、ソフィアは呆然《ぼうぜん》とコリンを見つめている。

（カルチャーショックってやつかもな）

なかなかにカナリア幼稚園の生活はおもしろそうだとランカードが思った瞬間。

ノックの音がして、食堂のドアががらりと開いた。

「——あら」

花を胸にかかえたすらりと背の高い女性が、眼鏡《めがね》の奥の瞳《ひとみ》を軽く見開く。

「あ、レマ先生！　ちょうどよかった」

マイシェラが立ち上がって彼女を出迎える。

「こちらが、もうひとりの保母さんのレマ先生です。レマ先生、こちらが新しく来てくれた園長先生のランカードさんと、新人のソフィア先生。……レマ先生は、字の読み書きとか算数とか、特にお勉強を教えてくれてます。それから、魔法も」

「魔法？」

ソフィアが問うと、マイシェラは大きく頷いた。

「レマ先生は魔導士なの。だから魔法の力もよく知っていて、子供の時からそれに接していれば、変に怖がるとかそういうこともなく、上手につきあっていけるって——」

「マイ先生。これを」

マイシェラの言葉を切って、レマがつかつかとマイシェラに歩み寄り、花をひと束渡した。

「食堂の分だから、よろしく。じゃあ、私は失礼させていただくわ」

そのまま一直線に出口へと戻っていく。

と。

「あ、あの！」

突然、ソフィアが叫んで椅子《いす》から立ち上がった。

「何か？」

振り向いたレマの顔は特に笑みもない。魔導士らしく神秘的な美貌《びぼう》だが、どこか無表情なのが何となくランカードの気に障る。

「——ソフィア＝アデネードです。これからよろしくお願いいたします！」

深く頭を下げたソフィアを見、しばらくしてレマは、ひとことだけ言った。

「……よろしく」

ドアが閉まる瞬間に、先の方でひとつにまとめたレマの長い髪が、大きく揺れた。

「……なんだ、あれ。すごく失礼な態度じゃないか」

思わずランカードが言うと、マイシェラがむっとした顔をした。

「そんな言い方しないで。レマ先生はいい人なんだよ」

「でも、あれはないだろう」

「——まあまあ。マイシェラ、その花貸して」

コリンが取りなすように、マイシェラから花束を受け取る。コリンはその花束を持って、ランカードの前に差し出した。

「……？」

「これ、嗅《か》いでごらん」

「え？」

コリンに言われるままに、レマが持ってきた花の匂いを嗅いでみた。

「——あれ？」

匂いが、しない。花ならこう、甘い蜜《みつ》の匂いとか、独特の香気とか、どれもそれなりに持っているとランカードは思っていたのだが、肩すかしを食らった気分だ。

「わかった？」

「——何ですか？」

ソフィアも、コリンの持つ花に顔を近づけた。

「香りがまったくありませんわ。確かにこの花は、香りのすごく少ない種類ですけど……それが、何か？」

「いいかい。ここは食堂だよね？」

コリンは言って、テーブルの上にあった花瓶の花を、新しいものと取り替えた。

「レマは、庭にある温室で花を育ててるの。それで、毎日新鮮な切り花を、幼稚園の全部の部屋に生けていく。さっき、レマが出ていく時持ってた花束と、これは違う種類の花だったのを覚えてる？」

「確かに、もっと強い香りのある種類の花をお持ちだったと思います」

さすがに博識のソフィアが答える。本からの知識なのだろう。ランカードの方はまったく――ここにある花と違う種類であることすら、わからなかったのだが。

「つまり、食べ物を扱う食堂に飾る花としては、あまり香りの強いのはまずいということがレマにはわかってるし、そうやって気を配ってるんだ。そういう人だっていうこと」

説明されて、驚きと納得が同時にやってきた。

（なるほど――……）

レマもレマだが、コリンもコリンだ。年若い女性にしては、人間としてだいぶ懐が深いようだ。

（……意外と、人生経験を積んでるのかもしれないな）

コリンはコックだ。若いうちからきつい修行でしごかれるだろうから、そこでいろいろあっても不思議ではない。

しかし、レマは――？

どうやらあまり愛想がないだけで、悪い人間ではなさそうだが。

（……まあ、まだここに来たばっかりなんだしな）

思いを巡らせつつ、ランカードは思った。時が経つにつれ、だんだんわかることもあるだろう。

「いろいろな方がいらっしゃいますね……」

しみじみと言ったソフィアの言葉に、コリンが笑って答える。

「だから人生おもしろいんだよ」

ソフィアがこくりと操られるように頷いて微笑したが、その顔は複雑な色を隠しきれずにいる。

（――ここが姫の修行先で、正解だったかもしれないな）

きっとこれからいろいろあるだろうが、ソフィアのためにならないことなどないはずだ。

ランカードは自分の胸の中にある予感を信じようと思った。

慣れぬ業務に追われ、ランカードとソフィアの幼稚園での日々は瞬く間に過ぎ――

ついに、ソフィアの初めての授業の日がやってきた。

といっても無論ソフィアひとりだけではなく、教室の後ろでマイシェラがついていてはくれるのだが。

「…………」

もう授業は始まっている時間なのだが、ソフィアは黙って棒のように教壇につっ立っている。

「せんせー、どうしたのー？」

「先生〜、今日は何するのー？」

園児たちが口々に訊《き》いてくるが、ソフィアは身じろぎもしない。

マイシェラが心配そうに言った。

「ソフィア先生、そんなに緊張しなくても……って言っても、やっぱり無理かな」

「まあ、しかたないな」

（あーあー、姫さま……固まっちゃってるよ）

表向き何でもなさそうな顔をしているが、見学しているランカードの心中だって穏やかではない。

それまで数日、マイシェラやレマの授業を見学していたとはいえ、ひとりで園児たちの前に立ち、区切られた時間内の授業をきちんとこなすというのは結構な重責だ。初体験ということもあって、ソフィアも並大抵の緊張じゃないんだろう。

「えへん！」

ソフィアが小さく咳払《せきばら》いをした。本を持つ手が震えている。

「——今日はみなさんと一緒にお歌を歌いたいと思います！」

そこまで一気に言い切って、ソフィアは大きく息を吸い込んだ。

「ソフィア先生……」

マイシェラがまた心配そうにつぶやく。

確かに、ものすごい緊張ぶりだ。普段は白い頬《ほお》が紅く染まり、小さな唇が震えている。見ているこっちがはらはらしてくるし、さらに――。

抱きしめてしまいたくなるではないか。

ランカードはひそかにそう思って、あわててかぶりを振った。こっちまでソフィア並に赤くなってどうするというのだ。

「では、先生の後について歌ってくださいね。さん、はい！」

とたんに園児たちがざわついた。

「先生、何歌うんだよー？」

叫んだのはピートだ。

「あ……え、あ、そ、そうでしたね」

ソフィアのうろたえぶりといったら、見ているこっちがかわいそうになってしまうくらいだった。

『先生、ソフィア先生！』

マイシェラがささやき声で叫んだ後、何かアクションで示している。

（なになに？　……オルガンの、前に、座れ？）

——確かに、マイシェラの言うとおりだ。

「あ……は、はいっ！」

ソフィアはぎくしゃくとオルガンの前まで歩き、そしてがちがちのまま椅子《いす》に座った。

ふうっ、と息を吸い込んで、今にも弾き出そうとした、その時。

「ねぇ先生？」

突然、園児のひとりから手があがった。

「はっ、はい？」

相当驚いたのか、ソフィアの声が裏返っている。

「え——あ、えーと」

「あたしはクリコよ」

「あ……」

ソフィアの顔はさらに紅潮した。

「ごめんなさい、クリコ。なあに？」

「先生、『あなたが大好き』って弾ける？」

「え、ええ」

（いいのかなあ……）

ランカードは思った。『あなたが大好き』と言えば、イヴェールでずいぶん人気のあるいい曲だが、とことん甘いラブソングだ。クリコが相当におませなのは、まだ数回しか園児たちを見ていないランカードすら知っているくらい目立つから、実にクリコらしい選曲だなと思いはしたものの。

それでもソフィアは、それを弾くつもりになったらしい。

ソフィアの白い、震える手が鍵盤《けんばん》に置かれる——。

「うわあ……！」

前奏が流れ出した途端、園児たちがいっせいに声をあげた。

「ソフィア先生、すごく上手！」

隣でマイシェラまでが歓声をあげる。

本当に小さな頃から習っているからだろう、ソフィアのオルガンの腕前は相当なものだ。園児たちにもその巧拙《こうせつ》がわかるほどに、うまい。

「じゃあ、先生の後について歌ってくださいね」

オルガンを弾くことでだいぶリラックスしたらしいソフィアの顔に、ようやく笑みが浮かんだ。

(これで、残りの時間はうまくいきそうだな)

ランカードはほっと胸をなで下ろした。

そう——実際、残りの授業はうまくいったのだ。

とはいうものの、職員室に戻ってきたソフィアに、元気な表情はなかった。その理由が、ランカードやマイシェラにはわかっていた。

「すいません、マイシェラ先生……私、失敗ばかりして」

「ソフィア先生、そんなに落ち込まないで」

マイシェラが優しく取りなすものの、ソフィアはうつむいたままだ。

(姫さま——……)

胸が、痛む。

何か言ってやれないだろうか？

「ソフィア先生」

ランカードが呼ぶと、ソフィアはかろうじてちょっとだけ顔を上げた。何となくその瞳が潤んでいるようにも見えて、痛々しい。

「最初から何もかもうまくいくなんてことはないよ。それに、途中からずいぶんよくなったじゃないか。子供たちも楽しそうだったし」

「でも――」

ソフィアは口ごもった。

「クリコの名前が出てこなかっただけじゃなくて、ケルシャも……」

それだけ言って、ソフィアはまた下を向く。

(ああ、ケルシャか――)

ランカードはふっと、さっきの一幕を思い出していた。


「あなたに出逢《であ》えて、本当によかった……はい!」

「あなたに～、であえて～、ほんとうに～よかった～♪」

ソフィアのきれいな声と、流麗《りゅうれい》なオルガンの音色につられるように、子供たちは口をそろえて歌う。

だが――。

「えーっと……そう、ケルシャ!」

ソフィアが叫んで、オルガンの手を止めた。

「ケルシャ。あなたは、さっきから全然歌っていませんよ。どうしてですか?」

「…………」

ソフィアの問いかけにも、まったく答える様子がない。それどころか、ケルシャはぷい、とそっぽを向いた。

ふうっ、とソフィアが大きく吐息をつく。

「……次は絶対一緒に歌ってくださいね？　じゃあ、もう一度さっきのところから――はい！」

しかし。

ソフィアの再三の注意にも関《かか》わらず、ケルシャはそれ以降も、まったく口を開こうとはしなかったのだ。


クリコとケルシャの名前がとっさに出てこなかったこと。それにケルシャが歌わなかったこと、この二つがソフィアを自責の念に追い立てているんだろう。

（確かに名前はねえ……）

自分だって名前を忘れられれば気分のよいものではない。だが、来たばかりのソフィアに、極度の緊張の中で、それを完璧にやれというのも残酷な話ではないだろうか。

そんなことを思っていたら、マイシェラの声がした。

「ソフィア先生、これ」

さっきからごそごそと机の中をかき回していたマイシェラだが、そこから探し出したらしい、数枚の紙をソフィアに手渡す。

「何でしょうか？」

「もっと前に渡しておけばよかったんだけど」

ソフィアは渡された紙をぱらぱらとめくった。はっ、とその顔色が変わる。

「これは――」

「これだけ覚えれば、もう少し授業が楽になると思うの」

「マイシェラさん……！」

ソフィアが、床につきそうなくらいに深々と頭を下げた。

「ありがとうございます――私、お時間をいただいてもよろしいでしょうか。できれば、早く覚えてしまいたいんです」

「いいですよ――ね？　園長先生？」

「あ、ああ」

突然マイシェラに促されて、ランカードはよくわからないままに頷く。

「ありがとうございます！」

もう一度礼を言って、ソフィアが急ぎ足で職員室を出ていく。その背を見送ってから、ランカードはマイシェラを呼んだ。

「……なあ、マイ。何だ、あの紙は？」

マイシェラはにっこりと笑ってランカードに近づいた。その手に、やはり数枚の紙を持っている。

「これとおんなじものを渡したんだよ」

「え……？」

手渡された紙をソフィアと同じようにぱらぱらとめくって、その手が止まる。

（……うわ——）

ランカードはマイシェラをまじまじと見た。

「マイ、これは……」

手元にある紙には、園児ひとりひとりの詳細な情報が記されていた。

似顔絵からフルネーム、性格、行動傾向、家族構成、好きな食べ物、嫌いな食べ物、得意なこと、苦手なこと、エトセトラ。

「ほんとに、もっと早くソフィアさんに渡しておけばよかったと思って」

マイシェラが少し、つらそうに微笑した。

「子供たちはたったの十人かもしれない。でも、緊張したり、まだ経験が浅かったりしたら、うっかり名前が出てこないことだってあるよね。……今日のソフィア先生はそうだった。マイだって——もうずっと前になるけど、子供たちの前に初めて立った時は、やっぱり緊張したもん。でもね、こういうのがあれば、子供たちのこと覚えやすくなるでしょう？　そうしたら、名前を忘れることもなくなると思う。みんな、やっぱり名前を忘れられるとちょっとショックだと思うし」

マイシェラが、少し遠くを見た。

「マイはね、みんなの先生っていうより、お母さんみたいになりたいな、って思ってるんだよ。そう思ったら、あんまりあがらなくなるし……だってお母さんが子供と一緒にいるのに、緊張してたらへんでしょう？　それに、お母さんは子供のこと、なんでも知ってるはずだから」

「……そうだな」

なんだか、気持ちがふわっ、とほどけるような気がした。

(しかし、あの泣き虫マイが……)

ランカードはしみじみとマイシェラを見つめた。この小さな体の中には、子供たちへの愛情と元気、それに努力や工夫もいっぱい詰まっているわけだ。

「……な、なによう、お兄ちゃん」

視線を感じたのか、マイシェラが少し身じろぎをする。

「――マイ」

ランカードは、ぽん、とマイシェラの髪に手を置いた。

「……ずいぶん大人になったな」

そのまま、くしゃくしゃ、と髪を掴《つか》んで撫《な》でる。

「お兄ちゃん……」

マイシェラが一瞬、少し困ったような――それでいてどこか嬉しそうな複雑な顔をした
ことに、ランカードは気づかなかったのだが。

しばらくされるままになっていたマイシェラは、上目遣いにじーっとランカードを見た。

「――ねえ、お兄ちゃん」

「ん？」

「口ではオトナになったな、って言ってるクセに、その手、マイのこと子供扱いしてる」

「そんなことないよ」

最後にぽんぽん、とまたマイシェラの頭を軽く叩《たた》いた。

「偉いな、って誉《ほ》めてるんだよ」

ランカードの言葉に、マイシェラが顔を赤らめた。

「……そうかな」

「そうだよ。マイは、いい幼稚園の先生だ」

「えへへ。……実はねえ、そう言われるのが、マイはいちばんうれしいんだ」

マイシェラの顔が、満面の笑みで輝いた。

がらり、とガラス窓が開く。

「――あれ、ソフィア？」

「……え？」

呼ばれて、ようやくソフィアは顔を上げた。さっきマイシェラにもらった紙を読むことに夢中になっていたのだ。

見ると、職員室の窓からコリンがこちらを見ている。

「そんなところにずっといたら、風邪引くよ？」

「え……いえ、大丈夫です」

子供たちのことを、一刻も早く覚えないと――そう思ったソフィアが選んだ場所は、庭の木の下だった。誰《だれ》にも邪魔されない場所。冷たい風の中ならなお、頭が冴《さ》えるだろう。

コリンは腕組みをしてソフィアを見ていたが、やがて大きくため息をついた。

「――……あんた、なんて顔してんの」

「はい？」

「いいから、食堂へおいで！」

「え……」

「早くおいでってば！」

「は、はい！」

コリンに怒鳴られて、ソフィアはあわてて裏口へと走っていった。


食堂に入るなり、ソフィアはコリンに引っぱられ、強引にテーブルに着かされた。

「ちょっと待っててね」

「はい……」

何だろう？

ソフィアは不思議でしょうがなかった。コリンの行動が、読めない。

コリンはしばらく調理台の前で何か作業をしていたが、やがてソフィアの前に何かを差し出した。

「……これは――」

「ハーブティだよ。飲んでみて」

ソーサーに小さなクッキーまで添えられた、優しい香りのするお茶。

「まあ……」

その香りに誘われるように、ソフィアはカップを手に取り、こくり、とひと口飲んだ。

「――おいしい……！」

柔らかい、しかしすっきりとした口当たり。体が温まって、気持ちが凪《な》いでいく。

「ソフィア。あんたさ」

自分もマグカップを持って、コリンはソフィアの前に座った。

「こーんな目、してたよ」

コリンが自分の目尻《めじり》を、指で上に持ち上げて見せる。

「そんな……」

ソフィアは愕然《がくぜん》とした。そんなにまなじりを吊《つ》り上げていたと言うんだろうか？　自覚はひとつもなかった。

「目の前のことしか見えずにムキになってると、自分も周りの人間も疲れるよ」

ごくん、とカップを半ば干して、コリンが言った。

「第一、あんなところにずっといて、風邪引いたら子供たちにだって風邪がうつるかもしれないんだよ？」

「あ……」

思いもかけないことを言われて、ソフィアは絶句した。その前でコリンが、ソフィアがテーブルの上に置いた紙をぱらぱらとめくる。

「なるほど。マイシェラの特製だね」

「……私、その――……」

ソフィアはコリンを見つめた。その、意志の強い表情。

コリンに話せば――コリンなら、わかってくれるかもしれない。


ソフィアは、初授業の時にあったことをコリンにすべて話した。

「……………」

「そんな、私……名前が出てこないなんて、子供たちになんて失礼なことをしたのかと思って、もう――……どうしていいかと」

「ねえ、ソフィア」

コリンがとんとん、とソフィアのティカップの下にあるソーサーを指で叩いた。

「これ。このクッキー、ちょっと食べてごらん」

「え？　……はい、いただきます」

言われるままに、ソフィアは小さなクッキーを口に持っていった。前歯でさくりと噛《か》むと、ほろほろと口の中で溶け、しみじみとした甘さが全身に行き渡る。

「ハーブクッキーだよ。あたしのお手製」

「……おいしい――です。それに――」

「それに？」

ソフィアは目を伏せた。

「何かが全身にしみてくる感じがします」

コリンが莞爾《かんじ》と笑んだ。

「よくわかったね、ソフィア」

「え？」

「このクッキーを焼いたのはあたし。市場で新鮮な卵と牛乳を選んで、バターも手作り。それにハーブはね、温室でレマが育ててるの」

「レマさんが……？」

「そう。レマが、水や肥料をちゃんと調整しながら、丹念に作ったハーブだよ」

コリンが、ソフィアの顔を真正面から見た。

「いいかい、ソフィア。これには、マイのココロが詰まってる」

子供たちのデータがぎっしりと書かれた紙を指す。

「――はい」

「このクッキーには、あたしとレマのココロが詰まってるんだ」

「……はい」

「最後はココロだよ。わかる？　ソフィアだって初めての授業で緊張してるんだ。いろんなハプニングがあるだろうね。名前を忘れるのはすごく失礼かもしれない。だったら、ココロを込めて謝るの。子供たちはわかるんだ――そういうことが、敏感にね」

「はい……」

ソフィアはただ、コリンの顔を見つめた。

「必死に子供たちのことを覚えたい。それはソフィアのココロだろう。でも、周りのことも考えないと、ココロが空回りする。逆にココロを大事にしてれば、見えてくるものもいっぱいある。……少しゆっくりやろうよ、ソフィア」

「――コリンさん」

じわりと、何かがソフィアの中で溶けた。さっきのハーブクッキーみたいに。

「コリンさん！」

ソフィアがコリンの両手をしっかりと握りしめた。

「な、何よ？」

「お師匠さま！　今日からコリンさんのことを、お師匠さまと呼ばせてください！」

「はあっ!?」

突然叫んだソフィアをコリンはまじまじと見つめ――やがて、ぷっ、とふき出した。

「……じゃあ、ソフィアはあたしの弟子だっていうんだね？」

「そうです！」

「――料理人以外の弟子をとるとは思わなかったけどね。いいよ、好きにしなさい」

「ありがとうございます！」

ソフィアが大喜びで頭を下げるのを見て、コリンはもう一度苦笑した。


その頃、職員室では――。

静かに扉を開けて、レマが入って来た。

「マイシェラ」

「はい？」

マイシェラが帳簿から顔を上げる。

「これ。倉庫を整理していて見つけたんだけれど」

レマがマイシェラに、両手で包める程度の布張りの箱を渡すのを、ランカードはぼうっと見ていた。

「マイシェラのものでしょう」

「マイの……？　なんだろう」

マイシェラが紫色の箱をそっと開く。

「え……！」

（――……!!）

ランカードも思わず身を乗り出した。

なんと大きな、宝珠だろうか。

それも普通の宝石とは明らかに違う。透き通った珠《たま》の中に、透明な炎に似た揺らめきがある。それは光の加減で、見ようによっては七色の細かい砂がきらきらと輝きながら流れているようにも見えた。

片側は金属の枠にはまっており、頂点の辺りに複雑な模様が刻み込まれているのも、ひどく神秘的だ。

「違うかしら？」

「…………」

マイシェラが小さく首を横に振った。

「違わない、と、思う。初めて見たけど……お父さんとお母さんが、大きな宝珠のこと、話してたことがあるから……」

「じゃあ、形見というわけね」

「そう――だと、思う」

こくん、とマイシェラが頷いた。

「ねえ、マイシェラ」

レマの声が真剣になる。マイシェラは不思議そうにレマを見た。

「——大事にしてね」

「え……あ、うん」

マイが頷くのを見ると、レマはほんの少しだけ唇に笑みを浮かべて、そのまま職員室を出ていってしまった。

「……レマさん…………?」

(何なんだ——?)

ランカードは首をひねった。

今の一幕は、一体?

「レマさん……」

残されたマイシェラにも、よくわからなかったことだったのかもしれない。

宝珠の入った箱を胸に、レマの出ていった方を、マイシェラはただ呆然と見つめていた。

第2章　毎日が事件

マイシェラが手にした絵本は、だいぶ年季が入っているようだった。表紙だけでなく、中のページにも補修の跡がたくさんある。

それは決して乱暴に扱われたからではなく、長い年月の間、ずっと親しまれ、ていねいに読まれてきたからこその補修の跡だ。丹念に直したのはマイシェラかもしれず、また彼女の両親なのかもしれない。

(俺《おれ》はいい幼稚園で育ったんだな……)

今さらながら思う。そしてその雰囲気を作っているのは、ここにいるマイシェラだろう。惜しみない愛情のあたたかさが、自然に伝わってくる。

「いい？　読むよー」

マイシェラが声をかけると、園児たちが絵本を持ったマイシェラの周りに集まる。

十対の子供の瞳《ひとみ》は、どれもがわくわくしているようにランカードには見えた。絵本そのもののストーリーだけでなく、マイシェラの語りも楽しみなようだ。

マイシェラはにこりと笑って園児たちを見回してから、絵本に目を移した。

『……昔々、あるところに、竜の兄妹《きょうだい》が、とても仲良く暮らしていました』

子供たちの真ん中に座って、マイシェラがゆっくりと絵本を読み始める。

『大きな黒い竜と、小さな青い竜の兄妹です。その頃、人間と竜は助け合って生きていました。竜も村人も、幸せな日々を過ごしていたのです』

双子のティンキーとウィンキーが、マイシェラの絵本を覗《のぞ》いて、にっこりと顔を見合わせる。夢見がちなハルナは、絵本の場面を自分で想像しているのか、目を閉じてうんうん、と言いたげに頷《うなず》く。

子供たちは思い思いの姿で、マイシェラの語る物語を聞いている。

が、そこにただひとり、わくわくからは遠い、真剣な目つきでマイシェラを見つめている人間がいた。

――ソフィアだ。

何か懸命にメモを取っているのを、ランカードはこっそりと後ろから覗き込んだ。

（なになに……）

《絵本は大きな声で、ゆっくりと、抑揚をつけて読むこと》

《絵本にばかり気を取られないで子供たちの顔もちゃんと見ること》

（……ソフィア）

どうやらソフィアは、マイシェラの授業を見ながら気づいたことをメモしているようだった。

さらにその後に、ちょっと行を空けてメモは続いていた。

《絵本を読んで、気に入った場面をお絵かきしてもらうと、子供たちはいろいろなことを考えてくれるのではないかしら？》

（へえ……）

どうやらこちらは、ソフィアの思いつきみたいだ。

「熱心だね、ソフィア」

「きゃっ！」

驚かせないように小さな声で言ったつもりだったのに、ソフィアが悲鳴を上げて、マイシェラと子供たちが一斉にこっちを向く。

「ど、ど、どうしました？　ソフィア先生！」

マイシェラがあせって訊《き》く。

「い……い、いいいえ、何でもないんです、申し訳ありません！」

「そうですか？　……じゃあみんな、続きを読むよ～」

マイシェラの合図でまた園児たちの注意が戻る。

（……もう、ランカード！　授業のじゃまをしたらだめじゃないですか！）

（も、申し訳ありません、姫さま）

ひそひそと交わした会話は、反射的に姫と近衛《このえ》騎士になってしまった。

「マイシェラ先生に迷惑をかけてしまいました……」

しゅん、としてうつむいたソフィアに、ランカードは改めて頭を下げた。

「ごめん、ソフィア先生。でも、すごく熱心にメモを取って勉強してるから、俺は感心してたんだよ」

「え……？」

びっくりしたように顔を上げたソフィアの頬《ほお》が、かすかに染まった。困ったように唇に指をあてて、言う。

「その……やっぱり、先輩のやり方を参考にするところから始まるんじゃないかと思ったものですから。気がついたことを書いておいて、後で質問したり、自分で考えたりすれば、少しずつでも授業のやり方が身についていくかなと思ったものですから」

「それは、ソフィアが自分で考えたことだろう？」

質問が思いがけなかったのだろうか。ソフィアはウサギの子が耳を立てるみたいにきょとん、とランカードを見つめた。

「……はい」

頷いて、だがすぐに心配そうな表情に変わる。

「そうですけど……何か、まずかったでしょうか？」

「いや、そうじゃないよ」

「そうですか？　それならいいのですが……」

目の前で両手を組み合わせ、ソフィアは不安げに視線をさまよわせる。

（ソフィア――……）

その表情に、ランカードの胸が、つきんと痛んだ。

明らかに、ソフィアはとまどっている。

慣れない場所で、毎日毎日押し寄せてくる初めての経験に、ソフィアは必死で対応しているのだ。いつも、これでいいのだろうかと不安で、自信が持てなくて。

だからランカードのちょっとした質問にも過敏に反応する。

本当なら、幼稚園での生活など、一国の姫としては知らなくても済むことなのだ。民の暮らしなど関知しなくても、舞踏会で楽しく踊り、大臣や貴族たちに笑顔を振りまいていれば、それはそれで何とかなることも多い――特にソフィアのように、若くて美しければ、それだけで。実際ここにも、彼女のためなら何でもやろうという忠実な近衛騎士がいる。

しかし、ソフィアは自分で経験を積むことを選んだ。どんなにたいへんでも、そのうえ、自分で工夫し考えて、一日でも早く立派な幼稚園の先生になろうとしているのだ。

（――姫さま）

一国の姫とは思えないほどの謙虚な姿に、本当ならソフィアの前にひざまずいて忠誠を誓いたいくらいだ。

ランカードは笑って言った。

「俺は本当に感心して、ほめてるんだよ、ソフィア。立派だと思う。マイシェラの姿を見て、自分のやり方まで考えるなんて、そんなにできることじゃない」

「そう……でしょうか、私は本当に、ただ必死で……」

耳まで赤らめて、ソフィアは顔を伏せた。

『しかし、村人は騎士にだまされて、竜たちを攻撃しました。お兄さん竜はとても怒りました。でも妹竜の言葉を聞い——……』

「先生？」

「マイシェラせんせー、どうしたの？」

子供たちの声が、ランカードとソフィアの意識を授業に引き戻した。

（……マイシェラ？）

こちらをじっと見つめたまま、マイシェラは動かない。

その瞳はどこか、湿っていて——。

「マイシェラ先生？」

「え？　あ、あ、えーっと、ごめんね、どこまで読んだっけ？」

ソフィアが言うと、マイシェラはあたふたと絵本を持ち直す。

（……今、マイはもしかして——俺たちを見てたのかな）

ふっとランカードはそう思った。

すっ、と外に出ていこうとするレマの背をソフィアが呼び止める。

「レマ先生、ちょっとよろしいでしょうか」

「――何か」

レマがあまり抑揚のない声で答える。

「少し教えていただきたいことがあるんですが」

「ええ」

「ここなんですけれど……ちょっと不思議に思ったものですから。なぜ、こうならないんでしょうか？」

レマが、ソフィアの持っているノートを覗き込む。

「これは――魔法の根本的なしくみに関《かか》わることになるわね。子供たちには難しすぎるから、詳しい説明はしなかったんだけれど。ちょっと時間がかかるから、職員室へ行きましょう」

「はい」

レマに続いてソフィアが教室を出ていくのを、ランカードは感心しながら見送った。

秘密裏に護衛役を申しつかっていることもあって、ランカードはソフィアの行動をなるべく見はっているのだが、まあよく毎日毎日、熱心に続くものだと思う。

　時間がある時はマイシェラとレマの授業をできる限り見学して。その成果がソフィアの授業に現れているのは、毎日見続けているランカードには手に取るようにわかる。

　さらに、ソフィアの努力は授業だけに終わっているわけではないのを、ランカードは知っていた。

　ある日のこと——。

「おーいコリン、なんか飲むもの……あれ？」

　食堂の扉を開けると、粉のいい匂《にお》いと一緒に、忙しく立ち働く人影がふたつあった。

「ソフィア？」

「はい？　あ、園長先生、お疲れさまです」

　エプロンをつけたソフィアがにっこり、と微笑《ほほえ》んだ。

　エプロン姿のソフィアなんて、城で見られるわけもないから、何だかどきどきする。

「ああ、ランカード。まだお茶の時間には早いんじゃない？」

　そんなところを見られていたのだろうか、コリンににやつかれてランカードは頭をかいた。だが別に、からかわれてもあまり腹は立たない。コリンがさっぱりした性格なのが幸いしているのだ。

　コリンが気さくで、飾り気のない性格なのもあって、まだ会ってそう時間も経《た》ってないのだが、ランカードはあっという間に彼女と仲良くなっていた。なんだか、男友達と話しているような気楽さがあって、つき合っていて楽なのだ。

コリンは人の悪い笑みを浮かべたまま言った。

「まあいいや。今いれてあげるから待ってて。……ソフィア、粉はふるった？」

「はい、お師匠さま！」

ソフィアがはりきった声で言った言葉を聞いて、ランカードは目を丸くした。

（おっ、お師匠さまっ⁉）

お茶の準備をし始めたコリンにそっと尋ねる。

「──おいコリン、お師匠さまって何だよ」

「え？　ああ、ソフィアがね、あたしに弟子入りしたいって言うもんだから」

「弟子入り？」

「そ。なんかね、あたしの心意気に感動したみたいよ」

「……はあ」

わかるようなわからないような説明をされて、ランカードは首をひねった。

「じゃあ次はふくらし粉を入れて。入れすぎちゃだめだよ、小さじ二杯だからね」

「はいっ、わかりました！」

コリンがお茶をいれてくれるのを待つ間、ふくらし粉を計るソフィアを見る。

……笑ってしまうくらいに熱心だ。

「小さじ二杯、二杯……」

なんだか、そのさじがとても小さじに見えない大きさだったとは、料理をしないランカードでも思っていたのだが。

その後で、やっぱりそのさじは大さじだということが判明して、クッキーはケーキのできそこないみたいになったけれど。

それでソフィアがコリンに叱《しか》られたのも、まあご愛敬《あいきょう》だろう。

……というか、それすらランカードにはかわいくてならないのだ。

イヴェール城で見ていたソフィアの姿とはだいぶかけ離れているものの——逆にそれがだんだん、ソフィアが自分に近くなってきているような気がして、ランカードには嬉《うれ》しかった。

またそれでいて、ソフィア姫特有の優雅さや高貴さは決して失われていない。魂の色が変わっていないからだろう。

そんな不思議な、アンバランスなバランスがソフィアの中にある。

ひとりの人間の中に同居する、相反するもの——。

その大きな差がいつか、否応なしにランカードをいっそうソフィアに惹《ひ》きつけていくのを、ランカード自身感じていた。

何か、不安すら覚えてしまうくらいに――。

幼稚園の日々は過ぎていく。毎日小さな事件や発見をはらんで、ソフィアはもちろん、マイシェラもレマも、そしてランカードも多忙だった。

そんな中で、カナリア幼稚園に突然の訪問者が現れた。


ベルの音に応《こた》えて玄関まで出ていったマイシェラが、悲鳴を上げた。

「あっ！　ク、ク、ク、クラウスさまっ⁉」

「やあみなさん、お仕事ご苦労様です」

「どうなさったんですか、突然！……あ、ちょっと待ってくださいね。園長先生、ソフィア先生、レマ先生！　クラウスさまがお見えになりました！」

(クラウスだと……？)

裏返ったマイシェラの叫び声は、扉が開いたままになっていた職員室までも、見事に届いた。

――それだけではなく、園児たちのいた教室にも。

「クラウスさま？」

「すごーい、勇者クラウスさまだ！」

止める間もなく、子供たちが廊下に駆け出して来る。

「あ、こら、みんな！　教室に戻って！」

マイシェラの叫びが聞き届けられるわけもなく、わらわらと園児たちがクラウスを囲む。

後から来たランカードは、その姿を幾分苦々しく見つめた。

「やあみんな、ちゃんといい子にしてるかい？」

「うん！」

「もちろんよ、クラウスさま！」

イヴェール王国におけるクラウスの人気というのはものすごいものだ。『勇者』と名高いだけあって文武両道に優れ、国王の信頼を勝ち得ているうえに、人当たりもいいとなれば好かれないはずもない。

ただ――城で一緒に過ごす時間の長いランカードは知っている。

端正な顔に刻まれたにこやかな笑みは、単に仮面でしかないことを。

自分より下の立場である城の騎士たちには、にこりともしないのだ。その代わり、国王はもちろん、大臣やら上流貴族といった権力のある人間の前では、態度がまるっきり変わる。その、見事なまでに裏表のある性格も、ランカードは気にくわなかった。

しかしどうあれ、剣の力、魔導士としての能力、あらゆる意味でクラウスにかなわない

のも気に入らない理由の一つではあるのだが。

「まあ、クラウス！　……さま」

廊下に出てきたソフィアがにっこりと笑った。普段、城では呼び捨てにしているのだが、ここではクラウスの方が上なのだと途中で気づいたようだ。

「これは――どうも。新しい先生ですか？」

確かに、カナリア幼稚園でソフィアがクラウスに会うのは初めてだ。ソフィアもそれに気づいて頭を下げる。

「はい、新人保育士のソフィア＝アデネードと申します」

「そうですか。お仕事がんばってください」

「はい、ありがとうございます」

ソフィアの優美な笑みに、クラウスが同じく、これ以上ないほどの笑みで答える。

――気にくわない。

「やあ、ランカードくん。どうかね、幼稚園の生活は」

子供たちを笑顔でかわしながら、クラウスは巧みにランカードにだけ嫌味混じりの視線を投げてくる。思わず仏頂面になってしまっていた顔を、ランカードは無理矢理笑顔にした。

「とても楽しいですよ、クラウスさま」

「そうか、それは何より。きみには幼稚園の生活が合ってるのかもしれないな」

「――恐れ入ります」

精一杯慇懃《いんぎん》無礼《ぶれい》に答えながら思う。ここまで虫が好かないのは、天敵みたいなものかもしれなかった。

ランカードはそう思っているものの、そんなクラウスに、何も知らない園児たちは相変わらずまとわりついて離れようとしない。

「クラウスさま～」

「ねえねえ、お城のお話してよー」

……と。

そんな子供たちに対して堪忍袋の緒が切れたのは、どうやらクラウスでなくてマイシェラだったようだ。

「もう、クラウスさまが困ってるでしょう！　みんな、教室に戻りなさーーーーい！」

一瞬、辺りが静かになって。

「は、はーい！」

全員がいいお返事をして、園児たちはばたばたと廊下を駆け戻っていった。

「……もう！」

腕組みをしてマイシェラがむくれる。

「見事なものですね」

「は？　あ、いえ、そんな…………………恥ずかしいです」

クラウスに苦笑めいた顔で見られて、マイシェラは真っ赤になってうつむいた。

——やっぱり、気にくわない。


突然来たクラウスのもてなし場所は、結局食堂に落ち着いた。

コリンのいれた香り高い紅茶に礼を言って、クラウスが口を開く。

「実は、今日こちらに突然おじゃまさせてもらったのには訳があります」

ひとくち紅茶をすすって、クラウスは続けた。

「最近、竜を目撃したという話をよく聞くのですよ。みなさんの中で、何か竜に関する情報をお持ちの方はいませんか？」

「竜……ですか？」

ソフィアとマイシェラが同時に声を上げた。

（竜——？）

イヴェール王国は、竜に縁の深い国だ。建国の時の逸話でも、イヴェール王が竜戦争を終結させてできあがった国だとされている。無論、それは伝説なのだとランカードは思っていた。

だが――クラウスは竜の『目撃』情報を探しているというのだ。つまりは、竜が実在するということになる。

マイシェラが首を傾《かし》げた。

「さあ……そういう話は、聞いたことがありません。子供たちからも、特にそういう話は何も……」

「みなさんはどうですか？」

「私も存じ上げませんわ」

ソフィアが頸《くび》を横に振る。

「あたしも街で竜を見たとか言う噂《うわさ》があることは聞いたけどね。それだけだよ」

調理台の前にいたコリンがそれだけ言って、また作業に戻る。

レマは表情を変えず、特に何も言わない。ランカードも、そういう話は知る由《よし》もなかった。

「そうですか……いえ、それならいいのですが。もし、万が一本当に竜がいるとしたら、しっかり調査しておかないとイヴェール王国の平和に関わりますしね」

完璧《かんぺき》な笑みを浮かべて、クラウスは皆を見回した。

（まったく、どこまで本気で言ってるんだか）

ランカードは心の中で毒づいた。

「ああ、それともう一つ、お尋ねしたいのですが。どなたか、大きな宝珠について何かご存じありませんか」

「あの、それだっ――」

「マイシェラ」

マイシェラが言いかけるのを、ごくごく小声で、レマがぴしりと止めた。

「ん？　何かご存じですか、マイシェラさん？」

「え、あ――」

マイシェラの視線がレマに飛ぶ。レマの瞳が、きつい。

「……なんでもないです」

マイシェラが小さく言って、うつむいた。


「ねえ、レマさん。どうしてクラウスさまに、あの宝珠のこと言わなかったの？」

クラウスが帰った後、コリン以外は職員室に戻ったのだが、そこでマイシェラが発した第一声がそれだった。

「――……」

小さく吐息をついて、レマがマイシェラのすぐそばまで来た。

「いい、マイシェラ。よく聞いて」

レマがまっすぐに、マイシェラを見つめる。

「テイマーという職業があるのを、あなたは知っている？」

「ううん……？　なに、それ？」

レマの質問に、マイシェラが首を横に振った。

「ドラゴンドロップを使って、竜を自由に操る人たちのことよ。昔、イヴェール王が竜を封印した時にその力を発揮したと言うわ」

レマは言い聞かせるように、マイシェラの肩を掴《つか》んだ。

「――マイシェラ。あなたには、そのテイマーの血が流れているのよ」

「え――……!?」

「つまり、この間の宝珠がドラゴンドロップなの。あなたのご両親の形見だけれど、きっと、先祖代々あなたの家に伝わっているもののはずだわ。それこそが、あなたがテイマーの家系に生まれているという証拠よ」

「……………」

マイシェラは呆気《あっけ》にとられた顔でレマを見つめている。

（レマ……）

ランカードは首をひねった。なぜ、彼女はここまで知っているのだろう？　魔導士だから、なのだろうか？

「だから、とても大切なものなの。持つ人間が持てば、ものすごい力を発揮するものなのよ。あまり、うかつに人に言わない方がいいわ……いくら、クラウスさまといえどもね」

「レマさん……」

マイシェラが複雑な顔をした。

黙って聞いていたソフィアとランカードは顔を見合わせ、小さく頷いた。ここで聞いた話は、他言無用。口には出さないが、そうお互いに思っているのは容易に伝わってくる。

（それにしても……）

レマの知識にも驚いたが、それを聞くとさらにクラウスの行動が気にかかる。もしドラゴンドロップの存在をクラウスに知らせていたら、どうなったのだろう？

もし竜が本当に存在して、人間に対してその強大な力をふるった時には、それが役立つのかもしれないが――。

なんだかいやな感じがする。

そういった直感が大事な時もあることを、ランカードは知り得ていた。


一日一日と時は流れるが、大なり小なり懸案はいろいろあった。時に解決され、時に解決されないままのものもあって――特にソフィアの懸案は、大きかった。

「ソフィア先生、何かありますか？」

「その……今日も、ケルシャが――……」

毎度毎度の同じ報告に、ソフィアの言葉の語尾は口の中に消えた。

見ているランカードも知っていた。ともかく、ケルシャはソフィアの授業を素直に受けない。歌は歌わない、お絵かきでも絵を描《か》こうとしない。絵本を読めばそっぽを向く。

「……明日はがんばってみます」

しゅんとするソフィアを単に励ましてみても、根本的な解決にはならないことを、皆知っていた。

ケルシャとの関係は、ソフィアが自分で作っていかなければならないからだ。

そして、そんなある日のこと。

ふたりの関係に転換点が訪れる、ひとつの事件は、起こった。


なめらかなオルガンの音色が教室に響く。子供たちの声も――九人分。

ただひとり、今日もケルシャはずっとその小さな唇をつぐんでいた。

(またですか――ケルシャ？　どうして歌わないのですか)

今にもソフィアが演奏を止《や》めて叫ぶのでは、とランカードは思っていた。

だが、今日のソフィアは何も言わない。

ただ、楽譜を見たままで、オルガンを弾き続ける。相変わらず正確で美しいメロディが奏でられ、子供たちは歌わないケルシャにもう慣れたのか、楽しそうに大きな声で歌い、時には振りをつけて踊る。

それでもケルシャは何もせず、石になったように黙って座ったままだ。

（……根比べってわけか）

ランカードは腕組みをして、ソフィアの授業を見守っていた。もう、マイシェラが補佐としてつくこともない。すべてはソフィアひとりの判断で行われる。

子供たちの大好きな『やさしいことり』の後奏が終わったところで、がたん、と大きな音がした。

——ケルシャが椅子《いす》から立ち上がったのだ。

ソフィアはちらり、とそちらを見て、だがすぐに視線をオルガンに戻した。ぱらぱら、と楽譜をめくり、次の曲を選ぶ。

「みなさん、次は……そうですね、『雨降りぞうさん』にしましょうか」

「はーい！」

立ちつくしソフィアを見つめるケルシャには、まったく注意を払わず、ソフィアはほかの子供たちを見て、にこりと笑った。

「う…………」

ケルシャの肩が、震えた。

（あ――ケルシャ！）

ばたばたばたっ、という足音がして、一陣の風が教室の出口に向かって吹いた。

「ケルシャ！」

「先生、ケルシャが出てっちゃった！」

口々に言う子供たちに向かって、ソフィアが一瞬の間をおいて、笑んで見せた。

「だいじょうぶ、ケルシャはすぐに戻って来ますからね。みんな、お歌を歌って待ってましょう」

（ソフィア……？）

子供たちがざわついて顔を見交わしている。明らかに――いつものソフィアの反応とはまったく違う。

「はい、次は『こぶたのあかちゃん』を歌いましょうか！」

張り上げた声も、その顔に浮かんだ笑顔も、明らかに何か不自然だった。

そして――。

『すぐに戻ってくる』と言ったソフィアを裏切るように、授業が終わっても、ケルシャは戻らなかったのだ。

どうしても果たさなければならなかった所用をすませて、ランカードが幼稚園に戻ってきた時だった。

「ただい——……」

「ランカード!」

帰宅のあいさつも済まないうちに、金切り声に近い悲鳴がランカードの耳に届いた。

ソフィアだ。

「どうした、ソフィ——ソフィアっ⁉」

あわてて中へ入ると、廊下で血相を変えたソフィアとぶつかりそうになった。

「ランカード、たいへんです……ケルシャが、ケルシャが!」

「ソフィア、落ち着いて」

細い肩先を両手で掴んで小さく揺すると、ソフィアがすがるような目でランカードを見上げた。まぶたが赤らんで、腫《は》れている。

「……ケルシャが、戻ってこなくて——どこにも、いないんです」

堪えきれなかったのか、涙がひとしずく、頬にこぼれた。

その日はあまりにも、タイミングが悪かった。

授業が終わる頃にはマイシェラもレマもすでに出かけていて、コリンは別口で買い出しに街に出てしまっていた。ランカードもソフィアが気がかりだったものの、どうしても抜けられない用事があった。

ソフィアはたったひとり——ほかの園児を送り出した後で、途方に暮れていたのだ。

「私が……私があんな……無視なんて子供っぽいことをしたばっかりに……ケルシャが、こんなに長いこと戻ってこないなんて——……」

ひとりぼっちで、気が気でなくて、ソフィアはよほど動転していたのか、ランカードの前でぽたぽたと涙を落とした。

「もう、どうやっていいか全然わからなかったんです……叱っても、誘ってみても、ケルシャは少しも言うことを聞いてくれなくて……私、そんなにケルシャに嫌われてるんでしょうか………」

ソフィアは時々しゃくり上げながら、必死で言葉を継ぐ。

ランカードは思う。

ソフィアはケルシャに嫌われているわけではない。むしろ、好かれているのだ。だが、ケルシャくらいの年齢では、それを素直に出すことができない場合も多い。

ケルシャが、ありのままの気持ちをソフィアに向けることができれば、きっと解決することなのだが――。

「ともかく、もう一度探そう。子供の足だ、もし園を出ていたとしてもそんなに遠くまで行けるとは思えないから――まずは近くをしらみつぶしに探すんだ」

ランカードが言うと、ソフィアはうつむいたまま、こくん、と首を縦に振った。


幼稚園の建物はもちろん、庭も、近くの空き地も林も探した。

しかし、ケルシャの姿はない。

ランカードが戻ってきた時、ソフィアは幼稚園の入り口のところで、途方に暮れたように立ちつくしていた。

「私――……いったい、どうしたら…………」

「ソフィア……」

これ以上見つからないならケルシャの家族に知らせて、さらに騎士団の力を借りて大がかりな捜索を始めなければならない。それが園長としての務めだろう。

だが――。

「ただいま……あら、どうしたの、ふたりとも」

突然、低く落ち着いた声がした。

「レマさん!」

レマが外出から戻ってきたのだ。

「――……ソフィア」

ソフィアが一部始終を語ると、レマは聡明《そうめい》そうな顔を半ば傾げるようにして、しばらく何かを考えていたが、次に口を開いた時にもその声は変わらず落ち着いていた。

「あなた、マイシェラに園児たちの資料をもらっていたでしょう？」

「え？　――あ、はい」

突然思いもかけないことを言われたのだろう。ソフィアが濡《ぬ》れた目を何度かしばたたいた。

「あれを思い出してみて。――ケルシャのところには、何が書いてあったの」

「え……――」

ソフィアが黙った。唇を噛《か》んだその頭の中で、めまぐるしく記憶が回転する。

「ケルシャは何が好き？　いつも何をして遊んでいる？」

「あ――……！」

ソフィアの目が輝いた。あわてて、庭に駆けていく。

「ソフィ――」

「待って」

後を追おうとしたランカードは、レマの手で止められた。

「レマ？」

「——これは、ソフィアがひとりで解決しなくてはならない問題よ。いいえ、ソフィアひとりでケルシャに向かわなければ、ケルシャは心を開かないでしょう」

「でも——……」

ランカードが不平じみた声を出すと、レマは静かに言い足した。

「見えないところで見守っているならいいわ。何かあったら、男性の方が役に立つから」

「え？」

それだけ言って、レマは幼稚園の中に入ってしまった。

(——……なんだろう？)

まったくわからぬままに、しかしランカードはレマに言われた通り、ソフィアにも気づかれないよう、こっそりと庭に近づいた。


「ケルシャ！」

庭の、いちばん大きな木の下から、ソフィアは叫んだ。

「ここにいますね？　ケルシャ」

ソフィアには確信があった。レマの助言が語っていたこと。

(思い出して、ソフィア)

自分に言い聞かせる。あれだけ読み込んだ、園児たちの特徴、情報。

（知識だけじゃだめ。それを使わなくちゃ。知識を生きる知恵に変えて）

ケルシャが好きな遊びは、鬼ごっこ、石けり、そして――木登り。

「ケルシャ。寒いでしょう、降りていらっしゃい」

よくよく見ると、雪に覆われた針葉樹の中に、葉っぱではないかたまりが見える。

「――ケルシャ」

心を込めて呼びかけると、かさり、と葉が揺れた。

もう少しだ。

「……ケルシャ。ケルシャは、私が嫌いですか？」

がさがさ、と、さらに葉が大きく鳴る。

「――ねえ、ケルシャ」

向き合おうと、ソフィアは思った。無視なんかした自分の愚かさを反省しよう。正面から向き合うべきなのだ。お師匠さまも言っていた。『ココロの問題だよ』と。

「答えなくてもいいから、聞いてください。……今日はごめんなさい、ケルシャ。ケルシャは私を嫌っているかもしれません。でも私は、みんなが大好き。――ケルシャが、大好きですよ。それだけは、わかっていてください」

そのまま、もう一度木を見上げる。

「……ソフィア、先生…………」

細い声が聞こえた。

「ケルシャ⁉」

ソフィアが叫ぶ。

「ケルシャ――ほら、降りていらっしゃい！　寒いでしょう、一緒にお茶を飲みましょう。私が焼いたマドレーヌを食べましょう。ねえ、ケルシャ」

両手を広げてソフィアが待つのを、ランカードは建物の陰から見ていた。

(何かあったら、って――このことだったのか)

そう言われて不思議に思い、しかしこの場面を見て納得した。レマはきっと、ケルシャが木の上にいることも予測していたのだろう。うまく降りてこられればいいが、そうでなかったら大変なことになる。

ランカードはいつでも飛び出せるよう身構えた。

そして。

「ケルシャ……――きゃあっ⁉」

ぼきり、と何かが折れる大きな音がした。そのまま、がさがさと葉がざわめき、ぼきぼきと木の枝が折れる音がさらに続く。

（――……！）

ソフィアの顔面が蒼白《そうはく》に変わる。落ちてくるのは間違いない、ケルシャだ――だが、葉と枝がクッションになってくれている。

間に合う！

がさん、という大きな音がした瞬間、ランカードはソフィアを抱きとめていた。

――その、ソフィアの腕の中に。

ケルシャが、いた。


「ごめんなさい、ごめんなさい、…………先生、ソフィア先生…………」

泣きじゃくるケルシャと同じくらい、ソフィアの方も泣いていた。

「私こそ、ごめんなさいね、ケルシャ…………」

涙で顔をぐしゃぐしゃにしたふたりを、さらに抱きしめながら、ランカードは自分の胸が何かに熱くなるのを感じていた。

ケルシャとソフィアの気持ちが通った歓《よろこ》びと、幸いなことに、ケルシャに大きなケガもなく済んだ安堵《あんど》と。

何よりも――どうしようもない、ソフィアへの愛《いと》しさ。

（まいったな……）

抱きしめたソフィアの背は細く、こわれそうだ。それなのに、しっかりと芯《しん》が通って、凛《りん》として、必死で、時々無茶で、――まったく、放っておけない。

（本当に、まいった）

ランカードはもう一度、心の中でつぶやいた。

想《おも》いは時に、加速度がつく。

だいたい、お城にいた頃から姫を慕っていたのに、こうやっていろいろな面を見せられてしまったら、どうやって想いにブレーキをかければいいのか。

（この間はありがとう、ランカード。あなたがいなければ、私、どうなっていたか……）

ケルシャの一件の後で、頬を染めたソフィアに礼を言われた時にも、ランカードはとことん照れて。

それがどうしようもない幸せな気持ちで。

（好き……なんだろうか）

相手は一国の姫なのに。だが、それすら関係ないところで、心はソフィアに引き寄せられていく。

（好き……なんだろう、な）

日曜の朝、城へ向かう道を歩いていて、やはりランカードは複雑な気持ちになっていた。毎週日曜は、国王に、ソフィアの働きぶりについての報告をする定時連絡の日なのだ。城に戻り、王への謁見の間にやってくると、いやでもソフィアがこの国の姫だと思い知らされる。

しょせんは、かなわぬ想いなのかもしれないという絶望混じりの気持ちは、なまじ幼稚園でのソフィアを知っているだけに、胸に痛い。

そんな気持ちを抱え込んだままランカードは、それでも自分の役割を果たすために、謁見の間へと入っていった。

「おお、ランカード。ご苦労だった」

「いえ――」

ひざまずき、最近のソフィアの様子を語るのを、王は真剣に聞いているようだった。

「――ふむ」

ランカードの報告を聞き終えたイヴェール王は、鷹揚《おうよう》に頷いた。しかしその眉《まゆ》がすぐに、不満そうにしかめられる。

「何か……？」

「いや。――あまり民の生活になじみすぎるのも、王女として問題があろうな」

王の言葉が、ランカードを刺した。

「と、申しますと……」

「うむ。それだけ学べば、もうよいだろう。急ぎ、ソフィアを城に戻す」

王としては何気ない言葉のつもりなのだろうが、ランカードは目の前が暗くなる思いだった。

ソフィアが――あれだけ幼稚園の生活を楽しみ、園児全員と仲良くなって、これからだと思っているソフィアが、この言葉を聞いたらどれほどショックだろう。

「それに、ランカード。お前にも頼みがある」

「……？　どのようなご用命でしょうか」

問い返したランカードに届いた言葉は、耳を疑うほどに、現実離れしていた。


――竜王、探索。


「まさかお前、このイヴェールの創世譚《そうせいたん》は単なる伝説だと思っていたのか？　ランカード」

幾分笑い混じりに問われて、ランカードは頭を垂れた。

「はい――恥ずかしながら……」

「クラウスが竜の情報を集めていることは、お前も知っておろう。――どうやら、四百年前の生き残りがいるようだな。竜の寿命は長い」

イヴェール王は、時を遡《さかのぼ》るように遠くに視線を向けた。

「そもそもイヴェール王国の歴史は、四百年前の竜戦争が終結し、竜王『ディアブル』を封印したところから始まる」

「はい」

これについては、ランカードにも相当の知識があった。王立学校でいやと言うほどに習わされたのだ。

「その『ディアブル』が封印されている場所がわかったのだよ」

「何ですって……？　それは一体、どこに——」

「薄氷の地だ」

ランカードは言葉を失った。

誰《だれ》も足を踏み入れようとしない、テラ・インコグニタ——未知の土地、それが薄氷の地だった。常に吹雪に閉ざされ、地は薄い氷に覆われている。その一帯には湖が隠されているのだが、氷のせいでどの場所すらはっきりわからない。だから何も知らずに入っていった者は、自重に薄氷が耐えられず、冷たい湖に一瞬にして命を奪われるのだ。

「そんなに青ざめるな、ランカード。地図が見つかったのだよ」

「地図、ですか」

おうむ返しにしたランカードに、国王が深く頷く。

「ソフィアのために、セリアの遺品の宝飾品を調べていたらな、偶然見つかったのだ」

「……王妃様の」

「ああ」

ふと、疑問が浮かぶ。

(王妃の遺品？)

ソフィアの母親は、もう亡くなって久しいのだ。なぜ急に、今になって、王妃の宝飾品などを調べる必要があったのだろう？

「ともかく、私はお前を信頼している。調査団を組んで、早々に竜王を探し出してほしいのだ。薄氷の地の地図があるからと言って、すぐに封印されている場所がわかるわけではないだろう。的確な判断力と根気、それに勇気が必要な仕事だということがわかるだけに――私は、ランカード。お前に命ずるのだよ」

王の言葉に秘められた重い、しかし確かな信頼が、ランカードに染み込んでくる。

こうまで言われて、誰が断れただろう――ランカードは近衛騎士なのだ。

「はい――……」

自分の身に危険があろうことはわかっていた。相当、きつく、難しい王命だ。

しかしそれが果たせるか否かというよりも、ランカードには気がかりなことがあった。

ソフィアは。

自分がいない間、幼稚園から引き戻されて落胆するだろうソフィアを、誰がなぐさめ、そして、誰が守るというのか――。

だが。

「……かしこまりました。その命《めい》、確かに承ります」

ランカードには、こう答えるほかに術《すべ》はなかった。


その頃、カナリア幼稚園では。

こんこん、という小さなノックの音に、ソフィアは読んでいた本から顔を上げた。

「はい、どうぞ」

ドアの向こうに立っていたのは、マイシェラだ。

「よかったら、一緒にお茶でもと思って。フルーツティをいれてみたんですけど」

にこ、と笑って、マイシェラは二つのカップをのせたトレイを持ったまま、ソフィアの部屋へと入ってきた。

「ありがとうございます」

ソフィアは礼を言った。日曜の昼の、授業もなくのんびりした時間に、果物の甘酸っぱい香りはよく似合った。

「何してたんですか？　ソフィアさん」

　ベッドに腰かけて、紅茶をすすりながらマイシェラが訊く。

「──絵本を読んでいたんです。今度はどんな絵本を読んできかせようかと。……それにしても、竜のお話が多いですよね。もちろん、イヴェールの国の成り立ちを考えたら、当たり前なのかもしれませんけれど」

「そうですね。うちの幼稚園でも、ずいぶんいろいろな竜の絵本があるもんなあ……でも──」

　マイシェラは少しまじめな表情になった。

「この間、レマさんが言ってましたけど、……うちが本当に『テイマー』っていう仕事だったのなら、竜の話が多い理由も説明がつきますすね」

「そうですね……」

　そのまま、ふたりは黙った。

　静かに、時だけが流れていく。

「──あの」

　先に口火を切ったのは、マイシェラの方だった。

「はい？」

「……えーっと」

言いかけたくせに、マイシェラは口ごもる。

「——その……」

落ち着かなげにあちこちを見るマイシェラの頬が、心なしか赤い。

「どうしました？　マイシェラさん」

「えっと、——……あの、ソ、ソフィアさん！」

「はい？」

ソフィアが不思議そうな視線を投げると、マイシェラは突然居住《いず》まいを正した。

きちんと手をそろえて膝《ひざ》の上に置き、ソフィアを見る。

「……訊いてもいいですか」

「はい。何か？」

ごくん、と唾《つば》を飲み込んで、マイシェラが、言った。

「……ソフィアさんは、お兄ちゃんのこと、どう想ってますか」

「え」

ソフィアは息を呑《の》み込んだ。

どうって——？

「……あのね」

マイシェラが顔全部を真っ赤にしながら続ける。

「ソフィアさんとお兄ちゃん、仲がいいでしょう。ふたりっきりでいろいろな話してるみたいだし、その――この間のケルシャのことがあってから、もっとそれが増えたみたいな気がして……」

マイシェラは泣きそうな顔で、言った。

「――ソフィアさん、お兄ちゃんのこと、好きなんじゃないの？」

「…………」

何も答えられないままに、ソフィアも自分の顔が熱くなるのを感じていた。

（好き）

（私が――ランカードを？）

（……好き？）

ふたりだけで話すのは、お城の件もあるし、皆に隠さなければならないことも多いからだ。でも確かに、マイシェラの言うとおり、ケルシャの事件からはもっとそれが増えたかと言われれば、否定できない。

それに。

ランカードと話していると――何だか、あたたかくて。

ランカードの優しい瞳が心地よくて。

それが、好きということの証拠になるならば、間違いなく。

(好き——なのかしら)

(なのかも、しれない)

心臓が、どきどきしてきた。

でも——。

「…………………」

目の前にいるマイシェラは、座っているだけなのに、小さな体を思いきり突っ張ってがんばっているように見える。本当に、必死の思いでソフィアに質問したんだろう。

つつけば、今にも泣き出してしまいそうな顔が、痛々しくて。

——しばらくしてから、ソフィアは、ゆっくりと首を横に振った。

「え……？」

マイシェラが、丸い大きな瞳をさらにまん丸に見開いた。

「私がランカードとふたりきりで話しているのは、いろいろ相談しているからです。別に……好きだから、とか、そういうのじゃ、ありません」

「——本当に？」

「……ええ」

幾分の間があいたものの、ソフィアは確かに頷いて見せた。

「ほんと？　そっか……違ったんだ。あたしの思い込みだったのかな」

えへへ、と照れながら、しかしものすごく嬉しそうに笑うマイシェラの表情が。

ずきん、と。

(……私、どうしたのかしら)

ソフィアは、自分の胸が疼《うず》くように痛むのを感じた。

(さっきまで、好きだってはっきり思えなかった、はずなのに)

ソフィアはとまどっていた。

皮肉なことに、マイシェラの決死の質問が、ソフィアのひそかな本心を確かめることになってしまっていたとは——ほっとしたようにフルーツティを口にするマイシェラには、少しも伺い知れないことだった。

第3章　重責の合間に

城を出るランカードの足取りは、どうしても重かった。

申しつかった重責と、――何よりも、ソフィアに伝えるべきことが、重い。

うつろに足を運んでいると、目の前に立ちはだかる人影があった。

ゆっくりと顔を上げる――と。

「やあ、ランカードくん」

いろいろ嫌うべき条件もあるが、どうやら本能的に敵だと思っているのだろう。声を聞いただけで鳥肌が立つようだ。一番会いたくない相手に遭《あ》ってしまったが、返事をしないわけにもいかない。

「これはどうも、クラウス様」

我ながら慇懃《いんぎん》無礼《ぶれい》だと思う声音で、ランカードは答えた。

「たいへんな任務を命ぜられたようだね」

くくく、と喉《のど》で笑うクラウスは、何とも曖昧《あいまい》な、意味ありげな言い方をする。竜王探索のことを相当知っているような口振りだ。知っているとすればそれは、国王がクラウスを信頼していることにほかならなくて、それもまたランカードにはしゃくに障る。

「きみが探さなければならないものが見つかったとする。それが新たな災いの種にならなければいいが」

「――何のことでしょう」

「おや」

クラウスは唇を歪《ゆが》めて笑った。

「きみは思ったより頭がいいようだね、ランカードくん。……そうか、今日は園長先生ではないんだね。どちらかというと、園長の方が適職に思っていたが」

「……失礼します」

足早にクラウスの横をすり抜けると、かすかな含み笑いが背中越しに聞こえてきた。

——腹立たしかった。


むしゃくしゃするままに大股《おおまた》で歩いていると、広場にさしかかった。

（ホットドッグでも食っていくか）

屋台の軽食ではあるが出来立てはけっこううまくて、外出した時のおやつや夜食に、ランカードはけっこうお世話になっている。

（腹が立つと腹が減るもんだよなあ……あれ？）

ケチャップとマスタードをたっぷりかけてかぶりついた湯気の向こうに、見知った姿が見えた。

「あ！　お兄ちゃん！」

たかたか、と靴を鳴らすようにこちらに駆け寄ってくるのはマイシェラだ。ミニスカートのワンピースが風にひるがえり、腰のリボンが揺れる。

「おいしそうだね～、ホットドッグ」

物欲しそうに上目遣いで見る顔に苦笑する。

「マイも食べるか？」

「ん、マイはいいや」

「ほんとか？　すっごく食べたそうな顔してたぞ」

「え～？　……もう、またお兄ちゃんはマイを子供扱いして」

むーっ、と頬《ほお》をふくらませた顔は、充分子供っぽいんだが。

「それより、マイはほかのものがいいなあ」

「ん？　ソフトクリームか？」

「もー、食べ物じゃないよ～」

マイシェラはちょっと呆《あき》れたような顔をして、ある方向を指さした。

「あそこだよ。行こう、お兄ちゃん」

「うぐ……」

ホットドッグを口に押し込んだランカードの手を引いて、マイシェラは露店の前に立った。そこはいろいろなアクセサリーを売っている店だった。ネックレス、ブローチ、指輪。値段もデザインも様々だ。並んだ品々を見ながら、マイシェラがぽつりと言った。

「ねえお兄ちゃん、覚えてない？」

「ん？　何だ」

「……昔、お兄ちゃんにペンダントを買ってもらったじゃない」

「そうだっけ？」

「そうだよ。マイはちゃーんと覚えてるもん」

記憶をたどってみる。

「ああ……イヴェールクリスタルか」

「そう、赤いやつ」

マイシェラは懐かしそうな笑みを見せた。『イヴェールクリスタル』という名前は立派だが、当然子供の頃《ころ》の小遣いで買えるくらいのガラス細工で、今となっては相当流行遅れの菱形《ひしがた》のデザインをしていたはずだった。

「安もんだったけどな」

「……でも、マイはすっごく嬉《うれ》しかったんだよ？」

マイシェラは首を傾《かし》げてランカードを見た。少女らしい仕草がよく似合うのは昔からだ。

「──ねえ、お兄ちゃん」

一拍間をおいて、マイシェラがランカードに呼びかけた。

「……また何か、買ってくれない？」

無邪気な声。

「え」

もしかしたら、マイシェラに他意はないのかもしれない。だが、その言葉はランカードの心に、想像以上に重くのしかかった。

アクセサリーを買ってやるということに含まれる意味がわからないほど、ランカードはもう、子供ではない。

「何でもいいんだよ。またペンダントでも、ブレスレットでも――指輪、でも」

ぽつん、と最後に付け足した言葉が、さらに重かった。

「マイシェラ」

ランカードが呼ぶと、マイシェラが見上げてきた。その目が何か、涙を張りつめたようにも見えた。

「ごめん。……それは、できない」

「…………！」

そのまま、マイシェラの瞳《ひとみ》が凍りついた。

見ていられなくて、ランカードの方が視線をそらす。

小さな、沈黙。

「…………お兄ちゃん」

やがて、小さな声が、聞こえた。見ると、マイシェラはまだ露店の中を覗《のぞ》き込むようにしている。おそらく、こちらに顔を見せたくないのだ。

「ソフィアさんが、好きなんでしょう？」

訊《き》かれた言葉に、マイシェラが作っているぎこちない笑みが見えるようだった。くるり、とランカードを振り返った顔は——やはり、ランカードの想像通りだった。

「違う？」

精一杯いたずらっぽい顔にして問いかけるマイシェラに、これ以上否定するのはかえって残酷なのだろうと、ランカードは悟り、頷《うなず》く。

「やっぱり。——マイ、わかってたんだ」

笑みが深くなる。そのぎこちなさは、少しだけ遠ざかったように見えた。

「……安心して。お兄ちゃん、両想《りょうおも》いだよ」

「——マイ？」

突然の言葉に、ランカードの声がひきつった。

「えへへ。さっき、ソフィアさんとね、話したんだ。……ソフィアさん、ウソがヘタだよね。マイのこと、傷つけないように、お兄ちゃんのこと別に……って言ってたけど」

マイシェラはくすくすと笑ってみせた。

「子供たちといつも一緒にいるとね、ウソとかホントとか、わかるようになるの。だって、子供にウソは通じないんだよ。すっごく、敏感にわかるの。マイにもそれがうつっちゃったみたい」

　とん、と背中を押された。

「早く幼稚園に帰ってあげて。ソフィアさん、せっかくの日曜日にひとりぼっちでさみしがってるから。ほら、早く！」

「ああ……」

　マイシェラの気持ちが、せつなかった。言われるままに、幼稚園への道を歩き出したランカードだが、決して心が晴れているわけではない。

　ソフィアに――伝えなければならないことが、ある。


　扉を開ける手が、拒否している。

「はい……どうぞ？」

　ソフィアの声がする。早く開けなければ、不自然に思われることはわかっているのに。

「――ランカード」

　ランカードの姿を認めて、ソフィアは少し頬を染めたように見えた。

　それを、ただ嬉しいと思えない状況が、つらい。

「お父さまはどうでした？　何か言っていましたか」

ソフィアも日曜が定期連絡の日だと知っている。ごく自然な反応のはずなのに、それすらランカードには苦痛だった。

(悪い知らせはすぐに。いい知らせはゆっくりと)

騎士をやっていて学んだことのひとつだ。ランカードは一息に言った。

「ソフィア。……いいえ、ソフィア姫。姫の幼稚園での任務は終了です。城にお戻りください。――これは、王命です」

「な――……」

微笑《ほほえ》んでいたソフィアの顔から、一気に血の気が引いた。

「……どうして!?　どうして急にそんなことに――」

「明日にも正式な通知が来るはずです。詳しくは国王に直接お訊きください」

「でも……」

ソフィアの唇が、震えている。

「せっかく、みんなとこんなに仲良くなれたのに？　まだ、やってないこともたくさんあるのに――……子供たちと、いろいろ約束もしてるんですよ？　雪だるまを作ろうとか、折り紙を教えてくれると言うし、あやとりだって――……」

「姫さま」

言いたくはない、しかし。

「――ソフィア姫は、イヴェール王国のただひとりの王女なのですよ」

「……ランカード――……」

ソフィアがかぶりを振る。

「わかっているわ！　わかっているけれど……でも――……」

「ソフィア＝イヴェール＝ラレンシア姫。イヴェール国王の命令です」

「…………」

ソフィアがうなだれた。

「ごめんなさい。ランカードもつらい役目を負っているのに……私、ひとりで取り乱してしまいましたね」

それから、どのくらい経《た》っただろうか。

ソフィアが、すっ、と椅子《いす》から立ち上がった。

「わかりました。――報告、ご苦労様でした」

そう言った声の響きも、ランカードを見つめた瞳も。

紛れもなくそこにいたのは、イヴェール王国の姫、ソフィア＝イヴェール＝ラレンシアだった。

馬車から降りたソフィアが、ランカードに頷きかける。

「ありがとう、ランカード」

「では、私は戻ります」

「気をつけて。……皆に、よろしく」

「はい」

言葉少なに見送り、ランカードはそのままきびすを返した。一度幼稚園には戻るものの、ランカードもまた登城しなければならない。ソフィアに告げてはいなかったが、ある意味ではソフィアよりも相当きつい王命を仰《おお》せつかっているのだ。

前人未踏に近い薄氷の地。四百年前に封印されたという、竜王ディアブル——。

想像もつかないほどの任務であり、その強行軍を考えるとかなりの準備が必要となるだろう。連れていく探索隊への意志の疎通や学習もある。

探索の後きっと幼稚園に戻れないわけではないだろうが、果たして調査にどれくらいの時間がかかるのか、ランカードにはまったく見当もつかなかった。

定例の報告会が終わる。レマはいつものように、一礼してあっという間に帰宅の途につき、マイシェラも早々に自室に引っ込んでしまった。

職員室で何をするでもなく、ランカードは自分の椅子に座っていた。

「園長先生、ねえ……」

園児たちに呼びかけられ、相当慣れたこの呼び名も、今はどこかよそよそしい。

（ソフィア――どうしてるかな）

ソフィアが突然いなくなったことで、園児たちは誰《だれ》もが驚き、ケルシャに至ってはその目に涙をためていた。家の事情で戻らなければならなくなったのだ、という理由は真実ではあるが、納得できないのか、今日一日子供たちはずっと落ち着きがなかったと。

ノックもなく職員室のドアががらりと開いた。

「何だ、ランカード。……元気ないね」

コリンだった。そのままつかつかと部屋の中に入ってくる。

「ソフィアがいなくて、さみしいんだ？」

言われて、座ったままコリンを見上げた。コリンはお行儀悪くランカードの机の端に腰かける。

「……図星？」

「――かなわないな、コリンには」

苦笑混じりに言うと、どこか含みのある顔でコリンが笑んだ。

「こういう時、オトナはどうするか知ってる？」

手元で何かを傾ける仕草をされた。

「いい酒場知ってるんだ。飲みに行こ」

「……ああ」

コリンの誘いに、ランカードは素直に頷いた。確かに酒でも飲まなければ、やってられない気分だった。


「はい、乾杯」

「……何回乾杯すれば気が済むんだよ」

「いいじゃない。何度だって」

コリンが、やや赤らんだ目の縁で笑った。ショートカットでボーイッシュなコリンだが、そうやって酒が入ると、ずいぶん大人びた表情をする。もっとも、元から相当さばけた、あの幼稚園ではきっと一番の大人の女なんだろうが。

「そうだね……今の乾杯は、何にしようか」

コリンがグラスを持ち上げて、中のカクテルをじっと見る。透明なカクテルの紅《あか》が、コリンの顔に反射して、その表情がやけになまめいて見えた。

「ねえ、ランカード」

「うん？」

白い喉を見せて、コリンがカクテルを半分ほど干す。

「今の乾杯はさ――あたしたちの夜に、ってどう？」

一瞬、驚く。

「……きざだな」

「いいじゃない。たまにはこんなこと言い合えるって、いい関係じゃない？」

「――まあな」

ランカードは軽く笑った。本当に、コリンといると気が楽だ。物わかりがよくて、気さくで、それでいてこういう場面では色気がある。

「そう、あたしたちの夜に、ね」

酔った瞳が、酒場の二階に続く階段を示した。そちらを見ると、ちょうど男に女がしなだれかかって登っていくところだ。

イヴェールの酒場の二階は、訳ありの男と女が、一時の悦《よろこ》びの時を過ごす場所でもあるのだ。

「――いいのか」

「……無粋だね、ランカードも。そういう時は、何も言わないでいいんだよ」

テーブル越しに手を差し出された。その手を取ると、コリンがまた小さく含み笑いを漏らした。

引き締まった腰に、汗がにじむ。それをそっと舌で舐《な》め取ると、コリンが身をよじった。

「あっ――……」

いつも食堂にいる時の、男らしいくらいにはっきりした口調からは想像がつかない、甘い声が空気を濡《ぬ》らす。

普段はシェフの服に隠れている胸は、思いがけず大きくて、ランカードの愛撫《あいぶ》を受けると弾《はず》んで手に余った。

「んっ、あ……あんっ――」

こりっ、と乳首を甘噛《あまが》みすると、ぴくりと震えて口の中で勃《た》ってくる。

「あ……ん、気持ち、いい……」

ランカードの頭を抱きかかえるようにコリンが言った。素直な反応だ。素直で――かわいい。

「ん、ああ――」

ランカードはさらに乳房を揉《も》みしだきながら、舌で吸い上げては転がした。

「大きな胸はあまり感じないって言うけど、コリンはうそだな」

耳元で言うと、コリンがくす、と笑ってキスしてきた。普段シェフ姿の時にはつけない、鼻の上に乗るような小さなメガネがかわいい。

「……今まで、いろいろ開発されたからね」

そう言うと同時に、今度はコリンがランカードにのしかかるような姿勢をとった。

「あたしにも、させて」

キスするくらいに近くで言った唇が、ランカードの首すじを降り、鎖骨を舐めて、胸板から腹を這《は》ってあっという間に下腹部までたどり着いた。

「……元気」

そう言って、先端に唇がかぶさってきた。くびれをこするように唇で挟まれ、鈴口を舌でつついてくる。

(う……)

自然に腰が浮くのを見て、コリンが肉棒を咥《くわ》えたままで満足そうに目で笑む。

「んっ、んむ……」

ぴちゃぴちゃといやらしい音をたてて、コリンは熱心に舌を使う。ランカードのモノをねぶりながら、くくっ、と喉で笑った。

「――……何だよ」

「ん？　……ふふ、おいしいって、思って」

言い置いて、次の瞬間に喉の奥まで含まれて、ランカードはうめいた。

「……一流シェフにそう言われるなら――光栄、だな」

竿《さお》をしごく舌が、慣れている。柔らかな口腔《こうくう》が熱くて、吸い上げるタイミングも絶妙だった。

「コリンこそ……さすが、手慣れてる」

「おいしいものを味わう舌は、完璧《かんぺき》なの」

唇を唾液《だえき》で濡らして、コリンは肉棒を丹念にしゃぶった。喉の奥に時折先端が当たる感覚に、全身がぞくぞくと震える。

「んっ……ん、んん……」

「……おい、だめだ、コリン――そんなにしたら……」

器用に動く指に袋を揉《も》みしだかれる。わき上がってくる射精感に、さすがにランカードは白旗を揚げた。

そのまま、コリンの腕を取って引き倒す。

「あっ……！」

シーツに押しつけられて、コリンは小さく声をあげた。張った胸が揺れて、天を向いた紅《あか》い乳首が色っぽい。

「コリンはどうなんだ？」

なめらかな太腿《ふともも》の付け根に指を這わせると、するり、とスムーズに指が奥まで入り込む。

コリンの秘所は、まだ触れてもいないのにぐっしょりと濡れて熱い。ランカードを待っていたように。

そのまま指でかき回すと、濃度のある蜜《みつ》がからみついてくる。

「あ、あぁっ――！」

蜜壁をなぶられて、コリンが嬌声《きょうせい》をあげた。

「……すごいな」

言うと、せつなげな目を向けてコリンがかすかに笑う。

「――……ちょうだい」

おねだりに頷いて、ゆっくりと先端を秘口に押しあてる。

「んっ……」

せつなげな声が甘くランカードを誘う。コリンの手が、背中に回ってきた。腰を引き寄せられるのと同時に、いきり立ったモノをぐい、と差し入れた。

「あぁんっ――……！」

びくん、とコリンの全身が震えた。ランカードを包んだひだが、それにつれて収縮する。

「んっ、あ……いい――」

まるで極上のキャビアでも味わうような顔をして、コリンはうっとりと自分から腰をうごめかした。愛液の、少しぬるついた感覚が、ランカードの肉棒を熱くくるむ。

ゆっくりと抽挿を開始すると、コリンがしなやかな脚をからめてくる。

「はっ、あ、あ……んっ、う、あ……」

ピストンにつれて、コリンの乳房が跳ねる。ぐしゅり、ぐしゅり、という濁った音が、暗い部屋に響く。

「すご……ランカード、気持ち、いい……」

コリンがランカードの動きに合わせて腰をくねらせた。敏感な竿を熱い粘膜が上下して、ランカードは喉の奥でうめく。

「こら、コリン」

「あっ、あ……んっ――……」

コリンは喘《あえ》ぎながら、ランカードの制止にも関《かか》わらず、ますます腰を押しつけてくる。

ひだが生きているように収縮する感覚に、ランカードの欲望が一気に頂点まで登りつめていく。

ランカードは、一度強引に肉棒を抜き出して、コリンの身体《からだ》を起こした。

「え――……」

けげんそうなコリンを裏返し、腰を持ち上げ、白い尻肉《しりにく》を掴《つか》むように後ろから挿入する。

「あっ、あああっ……！」

激しく叫んで、コリンはシーツを掴んだ。四つん這いの背がぐい、と反り返る。ショートカットの後ろ髪が乱れて、汗で濡れていた。

細い腰を掴んで、激しく抽挿を繰り返す。

「んっ、あ——はっ、ああ……」

何度も出入りすると、花びらがめくれてひるがえるのが見える。抜き出す時に目を射る、肉の色のなまめかしさ——。

「く……あぅ、あぁ……だ、め……んっ、はっ、ああ……」

ピストンするごとに、コリンの秘肉がきつく縮む感覚がランカードを襲った。

「い、やあ……あんっ、あ——」

腰から這い登ってくる射精感。吐き出す先を求めて、今にも爆発しそうな自分の分身を抱え、しかしランカードの心に、苦いものがある。

肉の快楽は快楽でしかなく——。

コリンは好きだ。いい仲間だと思うし、彼女がカナリア幼稚園にいてくれてよかったと何度も思った。

だが——。

「くっ……あ、あう……はっ、ああっ……あ、いい——い……く——……」

ぱん、ぱんと尻肉が音を立てるほどに激しいピストンが、コリンとランカードを絶頂へと導く。コリンの手で爪を立てられたシーツがぎりぎりとちぎれそうに皺《しわ》む。

「あ、あ――やっ、あ、い、いっちゃう――……！」

身体を支えていられなくなったのか、上半身をシーツに突っ伏すようにして、コリンはランカードの動きを受けとめ、ヒップを押しつけるように振る。ぐちゅ、と熱い液体がさらににじみ出してきて抽挿を助けた。

「あぅ、は、あ……」

「う……」

コリンの全身が緊張した。ランカードの欲望も、もう限界だった。それはただ、肉の本能だけなのかもしれないが――。

「あ、あぁっ――やっ、い、いくぅぅぅっっっ……！」

くい、と背を反らして、コリンがすべての動きを止めた。

ひくひく、と、音がするほどに収縮する肉ひだに絡め取られて、ランカードは寸前にぐい、と自分のモノを抜き出した。

「くっ……！」

そのまま、コリンの背に樹液を射出すると、しぶきがこぼれるほどに、コリンの全身が震える。

「あぁっ……あ、熱、い――……！」

コリンがうめいた。細い背に精液が散って、首の辺りまでを濡らした。

「あ………」

シーツに伏せたコリンの全身が、まだうごめいている。ランカードは、自分の欲望の残《ざん》滓《し》をコリンの背に見て、何とも苦い気持ちになった。

身体は快楽のままに生きているのに。

心は、裏切れない――。

（………ごめん）

まだ荒い息の整いきれないコリンに、そしてここにはいないただひとりに向けて、ランカードは謝罪の言葉を胸の中で漏らした。


久しぶりに着たドレスは、思いのほか裾《すそ》の飾りが重かった。そんなことは、城の中にしかいなかった頃には感じたことがなかったのに。

着替えを済ませたソフィアが向かったのは、父親であるイヴェール国王の待つ謁見の間だった。

「……お父さま。ただいま戻りました」

スカートを軽くつまんでお辞儀をする。こうしてドレスを着てみれば、すっかり王女らしい動作が自然と出てくるのは、ソフィアには何とも複雑な気分だった。

国王は、愛娘《まなむすめ》が久しぶりに帰城したからか、途端に相好を崩す。

「おお、ソフィア。ランカードから報告は受けているぞ。ずいぶん立派に保育士として働いていたようだな」

「……おそれいります」

もう一度会釈をした。

「だがな、ソフィア」

「――はい」

国王の声が諭すように低められた。

「あまり、民になじみすぎてしまうのもよくないのだぞ。王族たるもの、民草とは違う威厳や格がなければ、民はまた敬うことを忘れ、国はうまく立ちゆかぬだろう」

「…………」

ソフィアはただ、沈黙を守った。

王の言葉は正しいのかもしれなかった。しかしこれを肯定してしまえば、ソフィアはもう二度と幼稚園には戻れないだろう。

ソフィアの胸の内には、何とか父親を説得して再びカナリア幼稚園に帰ること、それだけが願いとしてあったのだ。

園児たち、マイシェラ、レマ、コリン——そして、ランカードと過ごす楽しい日々。

それを失いたくは、なかった。

カナリア幼稚園にいる時のソフィアは、ひとりの保育士でしかない。それは、生まれてからずっと王女として育てられてきたソフィアにとって、初めての経験にして安らぎの場所となった。

王女としての立ち居振る舞い、礼儀作法——ソフィアは、彼女がソフィア自身であることよりも先に『姫』であること、『王女』であることを求められ、そう見られていた。

ソフィアにツタのように絡みつく、血や、名前といったもののない世界に入って。

子供たちの邪気のなさ、純粋さこそが、もしかしたらソフィアの一番の救いであり、必要なものだったんだろう。自分の部屋から望遠鏡で外を見た時、目にした子供たちに何かを感じたのも、それが理由かもしれなかった。

ともかく——いつかは城に帰って来なければならないことなど、わかっている。

だからもう少しだけ——。

「お父さ——……」

「ソフィア。いいか、よく聞くのだ」

国王たるソフィアの父は、ソフィアの言葉を遮って、言った。

「——お前とクラウスの婚儀の準備を整えている」

（え…………？）

軽い、めまいがした。

「近々、イヴェールの民たちへの披露も兼ねてパレードを行う。ソフィア、お前とクラウスの結婚なら、国民の誰もが喜び祝福してくれるだろう。イヴェールの将来も安泰だ」

「お父さま、あの——……」

ソフィアは言いかけて、しかし言葉は王の顔を見ると自然と引っ込んでしまった。

王の顔は紛れもなく、娘が逆らうことなどないと思っている表情だ。

そして、娘と国の幸せを願っている表情。

（お父さま……）

ソフィアは考えてしまった。

（……クラウス）

勇者と呼ばれるほどに長《た》けた武力、優れた頭脳、そして政治的手腕。

確かに、王女の婿《むこ》として、どこに不足があるだろう。

ソフィアにはわかるのだ。国王が、ソフィアのためを、そして国のためを思ってこの婚儀を進めていることが。そして間違いなく、民たちも歓迎するはずの結婚だということも。

だが。

（私の、気持ちは……？）

「ソフィアも、その心づもりでいるのだぞ」

そう言った国王に対して、ソフィアはただうつむいただけだった。頷いたのではない。が、父はそれを了承と見取ったようで、微笑んでソフィアに辞すように言った。

（どうして私は逆らわなかったのだろう――）

お父さまのため？　国のため？

しかし、明らかに自分の気持ちを偽っていることは、事実だ。

謁見の間から退出しながら、ソフィアはそっと両手を組んで、胸に置いた。

（――……痛い）

痛むのは、ほかのどこでもない。

ただ――心が。

ソフィアの師匠であるコリンがいちばん大事だと言った『ココロ』が、ただひたすら、痛かった。

たたた、と軽い小走りの足音がして、後ろに人の気配がした。

「ランカードさま！」

振り返るとそこに、フェイがいた。ソフィア付きの侍女だ。

「……どうした、フェイ」

何だか言いたげな顔が気になって問うと、フェイはあまり行儀のよくないにやにやとした笑みを浮かべてランカードに耳打ちした。

（ソフィア姫さまが今夜、ランカードさまにお会いしたいとおっしゃってます）

「…………」

思わずまじまじとフェイの顔を見る。フェイはこくん、と頷いて、ランカードに約束の時間を告げた。そしてもう一度ちょいちょい、とランカードを手で呼ぶと、フェイはまた耳打ちをした。

（……うまくやってくださいね）

「――フェイ」

「えへへ。……だって」

少ししんみりとした口調で、フェイが言った。

「お城に戻られてから姫さまは、何だかさみしそうにしてて……でも、ランカードさまがお城に戻って来られたって聞いたら、少し元気を取り戻されたみたいに見えたから。それが嬉しいんです。だから……よろしくお願いします、ランカードさま」

そこまで言って、ぺこっ、と深くお辞儀をして、フェイはまた小走りに去っていった。

(……フェイ)

フェイの態度に、ソフィアは愛されているのだ、とわかってランカードは嬉しくなった。

使用人、特にお側《そば》つきの侍女などは、仕えている人間の本当にいろいろな面を見ている。

だからそういう立場の人間に愛されるということは、実は大変なことなのだ。

しかし――。

(ランカードさまがお城に戻って来られたって聞いたら、少し元気を取り戻されたみたいに見えたから)

その言葉が、熱くランカードの胸に残った。

(お兄ちゃん、両想いだよ)

マイシェラはそう言ったが――。


約束の時間にノックをすると、中から静かに扉が開いた。

（……入ってください、早く）

ソフィアの囁《ささや》き声に導かれるように、ランカードは彼女の部屋に滑り込む。

「――ランカード」

窓から入る月の光が、ソフィアを背から照らす。白いドレスが真珠色に映えて、ひどく美しい。

「……ランカード」

「姫さま……」

もう一度名を呼んだソフィアの声が、震えた。

「どう――なさいました、姫さま」

ランカードが問うと、ソフィアは強い視線でランカードを見つめた。

「――私が城に戻らなければならない理由は、お父さまに聞けとあなたは言いましたね。ランカード、あなたは知っていたのですか？　私が……私が、クラウスと結婚することになるのだと」

「――……え」

ランカードは言葉を失った。

そして、あわてて首を横に振る。

「いいえ！　そんなことは、まったく――……」

言いながら、ようやく、気づいた。なぜ国王が、亡き王妃の宝飾品を整理していたのか。

そして、ソフィアを幼稚園から呼び戻した本当の理由が、このことにあったのだと。

だが。

(何だって——?)

クラウスとソフィアが、結婚?

あり得ない話ではない。だがそれは——。


(嫌だ)

ランカードの心が、悲鳴を上げる。

そんなのは、嫌だ——。


「……そうだったのですね」

ランカードの否定を聞いて、ソフィアは少しだけ安堵《あんど》したように見えた。

「ランカード」

言ってからソフィアが、視線を下に落とした。ドレスの肩が、腕が、髪が——見ればソフィアは、全身を細かく震わせている。

「姫さま……?」

「――ランカード！」

次の瞬間、ソフィアの細い身体がランカードの腕の中にあった。

「私…………いやです、クラウスと結婚なんて！　絶対に、いやです――……！」

ランカードの胸にしがみつくようにして、ソフィアは大きくいやいやをする。長い髪が揺れた。

「お父さまがいろいろ考えて決めたのだということがわからないほど、私だって子供じゃない……けれど、私の気持ちはどうなるんですか――……！」

（ソフィア……！）

まさか。

でも――ソフィアは。

ソフィアが胸の中からランカードを見上げた。深い色をした瞳に涙が満ちて、つうっと目尻から白い頬へとこぼれ落ちる。

マイシェラの言っていたことは真実だと、ランカードはソフィアを見て悟った。

愛《いと》しい。

ソフィアが、愛しい――。

「ランカード――……私、私、あなたが――……」

「ソフィア――」

それ以上は、もう、言葉はいらなかった。

いや――ソフィアの言葉は、ランカードの唇でふさがれていた。

抱きついてきたソフィアを自分からも抱き返し、そのきゃしゃな背を包む腕に思いきり力を入れる。

「ぁ――……」

唇を吸い上げると、一瞬間をおいて、ソフィアもその腕をランカードの背に回した。

流れ込んでくる。

合わせた唇から、お互いの気持ちが――。

しかし――。

ランカードは、そっとソフィアを自分の側から離した。

「ランカード……？」

けげんそうな声を背に、失礼します、と言ってランカードはソフィアの部屋を辞そうとした。

「ランカード――！」

すがる声が引き止める。それでもランカードは、強引にドアを開けて廊下へ出た。

そのまま、自分にあてがわれた部屋へと走る。

(――だめだ)

心の中で、かぶりを振った。

どんなに好きでも。

どんなに大切でも。

ソフィアは一国の王女であり、この国を継ぐ者だ。どんなにクラウスに対して腹立たしくランカードが思おうと、そのすべての能力において、クラウスはランカードより勝っている。

クラウスなら――ソフィアに、ふさわしい。

(俺《おれ》は……俺は、近衛《このえ》騎士だ)

イヴェール王国に仕え、城に務める、一介の騎士でしかない。

その事実は、ランカードの胸を、どうしようもないほどに灼《や》いた。

第4章　暴かれた秘密

ざっ、ざっ、と雪を踏む足音だけが響く。あまりにも危険な『薄氷の地』が目的地というだけあって、近衛《このえ》騎士団の中でも選《え》りすぐりの人間を探索隊としてランカードは連れてきていた。

「隊長」

騎士のひとりがランカードを呼ぶ。

「なんだ」

「あの右前方……あれは、洞窟《どうくつ》でしょうか」

声の主は、一番頭も切れて注意力も鋭いエドワードだった。指し示す方を見ると、確かに吹雪《ふぶき》の中に、何か黒くうつろな場所が見える。

「そのようだな」

(洞窟……か)

竜王が眠っている場所とするなら、ある意味でふさわしいかもしれない。

「よし、あそこに行ってみよう」

「はい！」

地図を持ったランカードを先頭に、薄い氷を踏み抜いて湖に落ちてしまわぬよう、注意深く探索隊は進む。

やがて、洞窟の前にたどり着いた。

「……でかいな」

　正直な感想だった。

　間近で見ると、その高さといい、広さといい、まるでイヴェール城がすっぽり入ってしまうほどに大きな洞窟だ。

　たいまつを手に、中に入る。その灯すら、本当に手元を照らすだけにとどまるほどの、広く暗い闇《やみ》が待っていた。

　奥へ奥へと、進む。空気が薄くなっていくような気がする。

　何か不思議な緊張感が、ランカードと探索隊を包む。

（ここかもしれない）

　予感とも直感ともつかぬ考えが、ランカードの胸をよぎった。たとえ眠りについていたとしても、もしも竜の、それも王たるだけのものすごい力を持った竜が存在するならば、何か特別な空気が漂っていてもおかしくないはずだ。

　そして。

　はたして——ランカードの勘は、当たっていた。

（こ……れ、は——……）

　見上げる。首が痛くなるほど、上に。

洞窟の一面に張りつめた、氷。その中に、何かが、いた。

「竜……これが竜王、か——？」

巨大な氷壁の奥、羽ばたけば民家すらなぎ倒すほどの翼を持った、闇の色をした巨大な竜。その瞳《ひとみ》は、目覚めてはいないだろうに、赤く燃えている。

その力。威厳。もし再び命を取り戻し、生きて動くようなことがあったなら、世界の行く末さえ握るだろう、圧倒的な存在。

……間違いない。竜王ディアブルだ。

「隊長——……」

誰《だれ》かが呼びかける。ランカードは頷《うなず》いた。

「俺《おれ》はもう少し近づいて、少し調べてみる。みんな、ここで待っていてくれ。何かあったらすぐにたいまつを振って知らせる」

「はい」

ランカードはひとり、眠る竜王へと近づいていった。

が。

（ん……？）

竜王の前に、誰かいる——？

ランカードは、素早く岩陰に姿を隠した。ひそかに、そちらを窺《うかが》う。

(あれは――……!)

凛《りん》と立った、長髪で背の高い男。

(クラウス⁉)

気づかれないよう、たいまつを少しだけ掲げる。一分の隙《すき》もないほど鍛えられたその後ろ姿には、いやになるほど見覚えがあった。

(でも、なぜクラウスが……ん?)

ちらり、と、不思議な光がランカードの目を射た。見れば、クラウスは何かを竜王へと捧げ持っているようにも見える。

ランカードはもう少しだけ近づいた。気づかれない位置で、なおかつ、クラウスの姿がきちんと見え、声も聞こえる場所を必死で探す。

やや近い岩陰に隠れた時に、クラウスの声が響いた。

「……ここにいたのだな、ディアブルよ」

(あれは……?)

クラウスが持っているのは――。

(まさか――あの、レマが探し出してきた宝珠か?)

ランカードが見た光の元は、クラウスの持つ宝珠だった。

それは、マイシェラの家に伝わる、ドラゴンドロップと呼ばれる宝珠にとてもよく似ていた。それがマイシェラの家のものなのか、それとも別のドラゴンドロップなのかは、ランカードには判別できなかったが。

「やはり、これだけでは無理なのだな。私の血の力をしても、まだだめなのか――」

クラウスは掲げ持った宝珠を下ろし、苦々しげに吐き捨てた。

（――血？）

それが何を意味するのかわからないが、ひどくクラウスは不本意そうに唇を歪《ゆが》める。

「まだまだ調べなければならぬことが多いと見える」

クラウスは、竜王を見上げた。

「……まあ、いい。こうやってお前を見つけたのだ。それに……そう、あてはあるのだ。これだけでは力が足りなくても――」

宝珠をもう一度、クラウスは掲げた。

「……もうすぐ手に入る。きっとあそこだ――うむ、間違いあるまい」

喉声《のどごえ》で笑う、いやな響きがランカードの耳を刺した。

「その時こそ、すべては私の思い通りになる。――いいか。待っているのだぞ――竜王ディアブルよ」

くるりと振り返る。ランカードは見つからないよう、また岩の陰にひそんだが、クラウスはランカードたちが来た道へは行かず、細いわき道へと姿を消した。

（………クラウス）

一体、クラウスはここで何をしようとしていたのか。

それが気にはなったが、考えていてもらちは明くまい。それよりもまずは、竜王発見の報告をする方が先だろう。

ランカードは、探索隊の騎士たちが待つ方へと歩き出した。


ランカードの報告に、国王の顔が輝いた。

「本当か！　そうか……見つけたか、竜王を」

「はい」

満足げに数度頷いて、国王は続けた。

「——さすが、私の信頼するランカード＝ケーブル。立派な働き、感謝する」

「おそれいります」

ひざまずいたランカードに、国王の言葉は続いた。

「これでいっそう華々しい婚儀が行えるというものだ」

（…………！）

思わず顔を上げたランカードに、国王は深く笑んで言った。

「ソフィアとクラウスの結婚の儀だ。国を挙げての祝宴になろう。……それもあってな、私は竜王探しを急いでいたのだ」

「……と、おっしゃいますと？」

震えそうになる声を懸命に抑えながら、ランカードは尋ねた。

「うむ。この国が竜王を封印したところから始まったことは話したな。その封印に使ったドラゴンドロップという宝珠は、この城にもひとつある」

国王は口ひげをひねって見せた。

「時が経《た》つと、竜王という強力な存在を封印したという事実でさえ、物語だと思われるものだ。平和は望ましいが、ぬるま湯のような毎日はイヴェール王国にとって決してよいものではないのだ」

「はい……」

「ソフィアと、あらゆる能力に長《た》けた勇者クラウスとの婚儀が執《と》り行われる際に、封印された竜王の存在が明らかになれば、この国の創設譚《そうせつたん》は真実であり、私の先祖――つまりソフィアの先祖は竜王を封じられるだけの力を持っていることが改めて思い知らされるだろう。国民にも、またほかの国に対しても。それは、イヴェール王国の威信を取り戻し、この国の力が強まることだ」

国王の表情が、柔和な笑みに変わった。

「それが、私のソフィアにしてやれる最大のことだ。他国との関係も、国民の信頼も、もっともよい段階でソフィアに渡してやれる」

「陛下《へいか》……」

娘に対する深い愛情は、ランカードにもひしひしと伝わってくる。

しかし――。

やはり、ソフィアとクラウスの結婚は本当だったのだ。

ずきり、とランカードの心が痛む。

だが感情の痛みと同時に、ランカードの理性もまた警戒信号を発していた。

さっきのクラウスの怪しい行動がひどく気になるのだ。

(その時こそ、すべては私の思い通りになる。――いいか。待っているのだぞ――竜王ディアブルよ)

クラウスの言葉がよみがえってくる。

ドラゴンドロップという、竜を自由にするはずの宝珠を持ってのこの言葉。どう考えてもこれは、ディアブルを復活させたいと考えているとしか思えない。

となればこれはもう、クラウスに対して虫が好かないという個人的な問題ではなく、ソフィアがクラウスと結婚することは、イヴェール王国自体にとってたいへんな危険を秘めているように思えるのだが……。

まずい。

だが――国王に示せるだけの証拠を、ランカードは持っていない。

何か証明できるものがなければ、ただの戯言《ざれごと》と思われてしまうだろう。

（ソフィア――……）

何か打つ手はないのだろうか。


ともかく王命を果たし、ランカードは幼稚園に戻ることを許可された。

「園長先生、どうしたの？　元気ないのねえ。あたしがキスしてあげよっか？」

どうやらランカードのことを気に入ってるらしいミリアが言ってくるのを、力無く笑ってランカードはいなした。

「もう、全然本気にしてくれないんだもん、園長先生ってば！　でもそこがまた、オトナの男って感じでクールでいいのよね」

「……ありがとう、ミリア」

おざなりのランカードの返事に、ミリアはウインクで応《こた》えた。

そう、相変わらず園児たちは元気だ。

ソフィアのいなくなった空白も、時がそれなりに癒《いや》していくものなのかもしれなかった。

ただ——ランカードの心を除いては。

（……俺に何ができる）

ランカードは自問する。

自信があるのは、ソフィアが好きだ、それだけだった。それ以外は——貴族でもなければ何でもない、武力も、おそらく知力も、政治的な手腕も、クラウスに勝てるわけがない。

一国の姫であるソフィアに、思いの丈を伝えることなど、どうしてできようか。

ただ、問題はクラウスなのだ。

あの行動——竜王の前でクラウスがやっていたことは——。

「園長先生」

アルトの静かな声に、ランカードは現実に引き戻された。

「……レマ先生」

「これ、どうぞ」

ランカード愛用のカップに、ホットミルクがたっぷり入っていた。

「——ありがとう」

レマらしくない行為に、少し戸惑ったまま、ランカードは礼を言った。

「疲れてるみたいだからって、コリンに頼まれたの」

そのまま自分の机に戻ろうとするレマを、ランカードは引き止めた。

「何かしら」

レマが眼鏡《めがね》の奥の瞳を見開いた。

ランカードはようやく思い当たったのだ。竜に関する知識が、相当レマにあることに。

だが、クラウスの一件を相談するには、竜王のことも、城にあるドラゴンドロップのことも、それどころかソフィアがこの国の王女だったことも話さねばならない。無論口外することはもってのほかだとランカードは知っている。

だが――聞かずにはいられなかった。それにレマなら、何を秘密にすべきかをきちんとわきまえている。信用していい相手だ。

「あの……実は、聞いてほしいことがあるんだ」

ランカードが言うと、レマは少し考えてから、小さく頷いた。

「じゃあ、温室に行きましょう。……誰も来ないところの方がいいでしょう」

レマの気遣いが、嬉《うれ》しかった。


「何ですって……？」

ランカードの話を聞いて、レマは大きく眉根《まゆね》を寄せた。ここまでレマが表情を本当に険しくすることは珍しい。笑うにせよ怒るにせよ、レマはあまり表情を変える人間ではないのだ。

「それは——まずいわね」

「まずい？」

　軽く眼鏡の縁を持ち上げて、レマは言った。

「クラウスさま……ううん、クラウスはおそらく——竜王を復活させようとしている」

「何だって——？」

「あなたが言ったこと、それに国王の話を総合させると、それ以外考えられないわ。ドラゴンドロップは竜を自在に操れる力を持つ……ただ、ひとつではだめね。竜王ディアブルの力はドラゴンドロップが複数必要なくらい強大な力だったのだし、逆に言えば、幾つかのドラゴンドロップに力を分けておくことで、容易に竜が復活できないようにしてあると言えばわかりやすいかしら」

　レマはまた眉をひそめた。

「でも、例えばもし、その城にあるドラゴンドロップがクラウスの手に渡ったら——それに、万が一にでもマイシェラのところにあることがばれて、奪われてしまったら……きっと、竜王は復活してしまう。それに——クラウスは『血』と言ったのね？」

（私の血の力をしても、まだだめなのか——）

　クラウスの言葉がよみがえってくる。ランカードは頷いた。

「……可能性としては——もしかしたらクラウスは竜族の末裔《まつえい》かもしれない。そう思えば、

あらゆる才に長けているのも納得がいくわ」

「そんな……そんな種族が、いるのか」

「ええ」

レマは頷いた。

「――竜は人間の形を取ることができるのよ。だから、長い年月の間に、人間と竜の両方の血を持つ種族も生まれてくるの」

レマが、少し遠い目をする。その目に映っているのは、きっとこの温室の花々ではないはずだ。

「その血の濃さによっては――もしかすることも、あるかもしれないわ」

「それが、竜王の復活と……？」

「……可能性は、ないわけじゃない。でも」

レマがランカードを睨《にら》むように見た。

「そうなったら、この国が大変なことになるわ。復活した竜王は、自分を封印した人間に対する怒りを残しているかもしれない。それに、ドラゴンドロップによって、悪意ある人間に操られでもしたら……」

ランカードは立ち上がった。レマが見上げてくる。

「急ぎなさい、ランカード。早くクラウスの悪事を暴かないと、国王もソフィア姫も――

それどころかイヴェール王国全体が危険にさらされる」

「そうだよ、お兄ちゃん」

がさがさ、という葉を分ける音とともに突然声をかけられて、ランカードはあわてて振り向いた。

「マイ……」

「マイシェラ」

レマも呆然《ぼうぜん》とマイシェラを見る。

「ごめん。聞いちゃった。……その、切り花がほしくて来たんだけど、すぐ後にお兄ちゃんたちが来て……なんか、出るタイミングがつかめなくて、隠れてたの」

マイシェラは申し訳なさそうに笑った。

「大丈夫、誰にも言わないから。でも、レマさんの言うとおりだよ。早く行ってあげて。それで、ソフィアさんを――ソフィア姫を助けてあげて。……それはきっとお兄ちゃんしかできないことだし」

マイシェラが近づいてきて、ランカードの手を引っぱった。

「お兄ちゃんが、すべきことだよ。――ほら！　早く！」

そのまま、温室からランカードは押し出された。

「……ありがとう、マイシェラ、レマ！」

「お礼はいいから、早く！」

マイシェラの声が、レマの頷きが、ランカードを城へと走らせた。


国王の横に立ったクラウスは、ひどく冷たい瞳でランカードを見ていた。ランカードも負けじと見返す。

これから王の前で告げることは、クラウスとの戦いなのだ。

まだ今はそこにいればいい、そうランカードは思った。王の横にいられる権利が、まだ今のクラウスにはある。

（もうすぐ、そこにいられなくなるぞ）

ランカードは心の中でつぶやいた。

「――いったいどうしたというのだ、ランカード」

「はい」

国王の言葉にうながされ、ランカードは口を開いた。

ごくりと唾《つば》を飲み込んで、言う。

「――先日の竜王探索の際に、竜王が封印された洞窟で、私は――クラウスさまが、ディアブルを復活させようとしているのを、見ました」

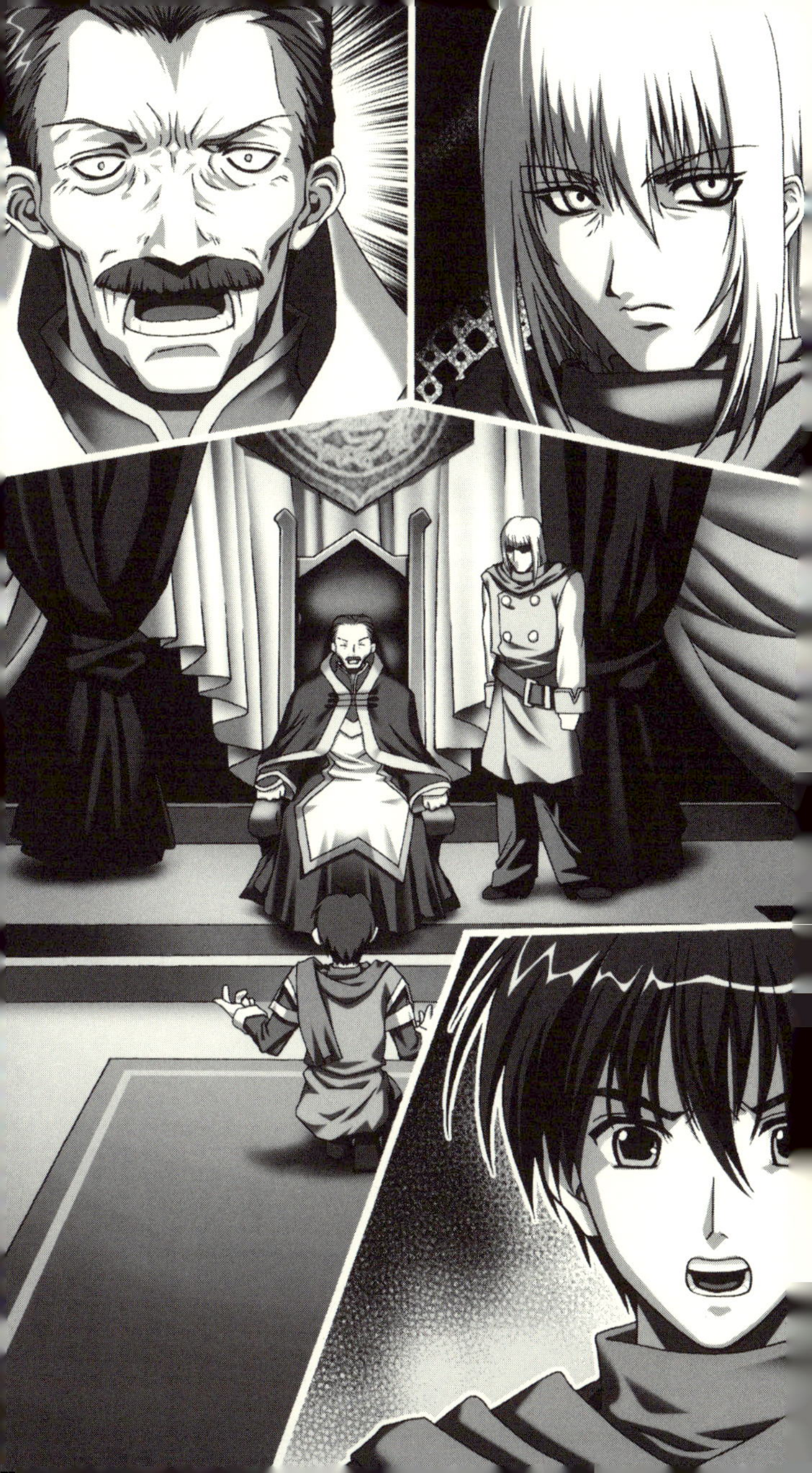

「なっ――！」

ふたりの悲鳴に似た声が重なる。

「何……？」

「……何をばかなことを言っているんだ！　ランカードくん、きみは頭がおかしいんじゃないのか？」

クラウスが肩をすくめ、笑い混じりに言う。だが、その目はまったく笑っていない。

「ランカード。……それは本当か」

「はい」

「陛下！　何をおっしゃいます！」

クラウスが語気をあらげた。

「国王陛下は私よりも、この一介の騎士でしかないランカードを信じるとおっしゃるのですか」

クラウスが、ランカードをねめつけた。

「でたらめを言うのもいい加減にするんだな。私がなぜ、竜王復活などを企まねばならないのだ。第一、私にどうやったらそんなことができるというのだ。……もしきみが真実を言っていると言い張るのならば、その証拠を見せてほしいものだな」

「証拠なら、あります」

「——……！」

言い切ったランカードを見て、さすがにクラウスが鼻白んだ。

「陛下。お願いがあります。クラウスさまの部屋を、調べてはいただけませんでしょうか。……必ず、ドラゴンドロップが見つかるはずです。クラウスさまは、ディアブルの前でドラゴンドロップを掲げて、さかんに語りかけておられました」

「——本当か、ランカード」

「はい」

クラウスの顔が蒼白《そうはく》になり、そのこわばった表情には、いつものクラウスらしさはみじんもなかった。

そして——。

「……なるほど。ランカードの言う通りだったな」

国王は、布張りの箱に入った宝珠を手に、クラウスを見た。

「これでもまだ申し開きをするつもりか？　クラウス」

「……………」

国王の目に、怒りの光が濃い。

「——もしや、お前がイヴェール王国に来た理由も……竜王復活が目的だったのか」

クラウスは何も言わない。

「私はお前を信じて、薄氷の地の地図も見せたのだがな」

国王は落胆した口調で言った。だからこそ、ランカードが訪れる前に、クラウスの姿があの洞窟にあったのだ。

「竜王を封印した王族に近づけば、ディアブルの秘密がわかると踏んだか」

「…………ええ」

ついにクラウスが答えた。

「ましてや、この城にあるドラゴンドロップさえ奪おうと——……」

「陛下！」

ランカードの叫びに、国王ははっ、と口をつぐんだ。

「ほう。やはり、この城にもありましたか。そうだとは思っていたんです。だからランカードくん、陛下に口止めなどしなくてもいい」

唇を歪めてクラウスが笑った。あまりにも邪悪なその表情は、笑いというよりも凍りついた仮面にも見えた。

「ええい、もういい！」

国王は声を高くした。

「ソフィアの婚儀も、すべて取りやめだ。このドラゴンドロップも没収する。そして——

クラウス！」

　国王の指が、クラウスに突きつけられる。

「お前を断首刑に処する。捕らえて、地下牢《ちかろう》につないでおけ！」

「はっ！」

　控えていた騎士たちが、クラウスの両手をすかさず縛り上げ、謁見の間から外へと連れて行く。

　扉が閉まった時、国王が大きなため息をついた。

「……ランカード」

「はい」

　ぐったりと疲れた表情の国王は、ずいぶん年を取ったかに見える。

「私は、たいへんな過ちを犯そうとしていたのだろうか――……」

「いいえ、陛下」

　ランカードは首を横に振った。

「……クラウスほどの力があれば、陛下がこの国を……ソフィア姫を任せようと思われるのも、仕方がないことだと思います。それは陛下がイヴェールを想《おも》っている証《あかし》だと、私は思うのですが」

「そうだろうか――」

「それより、私の言葉を信じていただけて、非常に嬉しく思いました。いくらクラウスがドラゴンドロップを持っていると言っても、知らぬ存ぜぬで押し切られたらどうなることかと。……陛下の信頼こそが、私を力づけてくださいました」

ランカードが言うと、ようやく国王がかすかな笑みを見せた。

「何を言っている。愛娘《まなむすめ》の極秘の護衛に加えて、竜王探索だ。お前に命じたことの重大さを思えば、私のお前に対する信用の度合いもわかるだろう」

「はい――」

ことを未然に防げた安堵《あんど》と、国王の暖かい言葉に、ランカードは片膝《かたひざ》を床につき、深々と頭を下げた。


(……雲の上を歩いてるみたいだわ)

ソフィアは思った。

国王に謁見の間に呼ばれ、たった今、打ち明けられた事実――。

(まさか、クラウスがそんなことを……)

最初聞いた時に、まったく信じられはしなかった。

しばらくして、カナリア幼稚園にやってきたクラウスが竜について調べていて、なおかつ宝珠を探していたことに思い当たった。その目的が、竜王復活のためだ、と言われれば、なるほどわからない話ではなかったが、それでも驚きの方が強い。

ただ、それを暴いたのがランカードであり、何よりも婚儀が中止となったことが、ソフィアの重荷を取り去ってくれた。

（ランカード……）

ソフィアは知らず、自分の頬《ほお》が熱くなるのを感じた。

自分が好きになったひとに、間違いはないのだと証明されたような気すらする。

「フェイ――！」

部屋に飛び込んで、ソフィアはそこにいた侍女のフェイに抱きついた。

「ソ、ソ、ソフィアさまっ？」

フェイの声が裏返る。

「フェイ、お願い！　ランカードを呼んで！　……今すぐよ、フェイ！」

言いながら、フェイに抱きついたままぐるぐるとソフィアは踊るように回った。

「は、はい――ソフィアさま、そんなに回ったら目が回ってしまって、ランカードさまを呼びにいけませんよ！」

「え？　あ……あら」

フェイに言われて、ソフィアはようやく立ち止まった。

「……もう、姫さま。びっくりしました」

「ごめんなさい、フェイ」

苦笑するソフィアに、フェイもまた嬉しそうに笑った。

「いいことがあったんですね、ソフィアさま」

「ええ！」

ソフィアは大きく頷いた。

「とっても、とーーーってても、いいことよ！」

「姫さま……」

フェイが苦笑した。

「姫さま、こちらに戻られてから少し変わりましたね。私たちみたいな言葉遣いで話されることも多くなって」

「えっ？」

ソフィアは驚いて、でもすぐに笑った。これこそ、カナリア幼稚園で得た成果というものだ。

「私は、そんなソフィアさまの方が好きです。でも陛下の前では慎まれた方がよろしいかとも思いますけど」

「大丈夫よ、フェイ。そんな失敗はしないわ」

ソフィアが片目をつぶってみせると、フェイもまたソフィアの真似《まね》をして答えた。

「……じゃあ、今すぐランカードさまを呼んでまいります！」

そのまま、小走りに部屋を出ていくフェイの後ろ姿を見送ると、ほどなくしてノックの音がした。フェイがよほど急いでいって、ランカードをつかまえてくれたんだろう。

「——どうぞ」

扉が開いて。

そこに、ランカードの姿があった。

「ランカード……！」

自分の声に、知らず熱がこもるのをソフィアは感じていた。

（なんて……なんて——……）

気持ちが言葉にならない。目の前に立っているランカードだけが今のソフィアの真実で、ランカードしか目に入らない。

いつの間に、こんなにランカードを好きになっていたのかと、ソフィア自身が驚いていた。自分の心がまっすぐに、ただランカードにだけ向いている。

「ソフィア——」

ソフィアは気づいた。

姫と、呼ばない。

「……お父さまから全部、聞きました。ランカード、あなたが……あなたがいてくれたから、私は——……」

涙があふれそうになるのを、指で止めようと顔をおおった瞬間に、ソフィアはランカードに抱きしめられた。

「ランカー……」

「ソフィア——好きだ」

「え——」

ソフィアは、間近にあるランカードの顔を見つめた。しっかりとした眉、強い光を持つ瞳。何だか、ほんの数日でずいぶん男らしくなったようにさえ見える。

このひと、なのだ。

「ランカード……私も」

しっかりした胸板に抱きついて、顔をうずめる。

「私もあなたが好きです——……!」

ようやく、言えた。

「ソフィア——」

ランカードの声がかすれている。次の瞬間、顎《あご》を掴《つか》まれて、熱い唇がソフィアの唇に押しつけられた。

（ああ——……）

息ができないくらいに、熱っぽい唇はソフィアのすべてを奪った。かすかに開いた唇の隙間《すきま》から、そっと舌が差し込まれてくる。ぞくん、と全身が震える感覚。初めてのとまどい——でも——いやなのではない。

（ランカード——……）

舌がおずおずとソフィアの口腔《こうくう》をまさぐる。どうしたらいいかわからぬままに、ソフィアも自分の舌で、そっとランカードのそれに触れてみた。

「ん………」

触れた舌を絡め取られて、ソフィアは少しうめく。ランカードの熱が、唇を、舌を通してソフィアの全身に伝わっていく。

どれだけ、抱きしめ合い、唇を交わし合っていただろうか。

身体《からだ》を離した時には、なんだか顔が見られなくて、ソフィアはどうしていいかわからなくなった。

話す言葉もうまく見つからない。

「ランカード……ありがとう」

ようやく、それだけ口にした。

ランカードも何も言わず、ただ微笑《ほほえ》みで答える。それだけで充分だと、ソフィアは思った。

それから、何もかもがうまく回り始めるだろうと思っていた。

国王も、ソフィアも、ランカードも。

だが――。


「大変です――！　ランカードさま、ランカードさま！」

激しいノックの音で、ランカードは眠りから引き戻された。ベッドから起きあがってドアを開けると、そこには血相を変えたフェイが立っていた。

「フェイ？　どうした、こんな夜中に」

「ソフィアさまが……ソフィアさまが、どこにもいらっしゃらないんです……！」

「何だって⁉」

「お部屋にお水を持っていって差し上げたら、もうもぬけの殻で……お城中をくまなく探したんですけど、どこにもお姿がなくて……」

フェイは泣きそうな顔でランカードに訴えた。

「陛下には？」

「まだお伝えしてません。ランカードさまにともかく、お伝えしようと……」

「そうか、偉いな、フェイ。まだ確定しないうちに、いたずらに陛下を騒がせてはいけない。フェイの判断は正しいよ」

「そうですか……！」

フェイが泣き笑いのような顔になった。

「俺たちで探すだけ探して、それでどこにもいなかったら改めて報告だ。いいな」

「はい！」

しかしそう言いながら、ランカードの胸には暗雲が立ちこめていた。

もしかしたら――。


そして、ランカードの想像は当たってしまった。

ソフィアの姿は城の中にはどこにもなく、――さらに、地下牢につながれていたはずのクラウスの姿もまた、なかったのだ。

第5章　大団円

ソフィアと、そしてクラウスの姿が城から消えた事実を確認した段階で、ランカードは国王にそれを告げた。

「あやつ――……！」

国王が苦々しく唇を噛《か》む。

「どう考えても、クラウスがソフィア姫を連れ去ったに間違いありません。ともかく、もう少し城の近辺を探した方がよいかとは思うのですが」

そう言ってから、ふとランカードは奇妙な感覚を覚えた。

いやな予感。首の後ろがちりちりするような焦燥感《しょうそうかん》は、騎士としての勘なのか、それとも誰《だれ》か特別なひとりを愛するゆえのものなのか――。

「陛下《へいか》。クラウスから召し上げたドラゴンドロップは」

「――……！」

国王が顔色を変えた。

「……待っておれ」

言い置いてどこかへ立ち去ったが、国王はランカードが息をつく間もなく戻ってきた。

その顔が、白い。

「――……消えている。クラウスが持っていたものと、……イヴェール城にあったものと、ふたつともだ」

「……それは――」

ランカードは目を伏せた。

「クラウスがドラゴンドロップを持って、行かねばならない場所などひとつしかありません」

「……ディアブルのところか」

王の低い声に頷《うなず》く。

「ソフィア姫さまは――おそらく人質として連れ去られたかと。となれば、お命にかかわるようなことはないかと思われます。しかしドラゴンドロップがふたつになったとしたら、ディアブル復活も――……」

その後は皆まで続けられなかった。国王はどっかりと椅子《いす》に腰をかけ、頭を抱えた。

「ソフィア……！」

血を吐くような声が、ランカードの心を刺す。

それは――ランカードも同じだ。国王にとっては娘であり、ランカードにとっては、仕える姫であると同時に、大切なひとなのだ。

「陛下。……私がディアブルの封印された洞窟《どうくつ》にまいります」

「……………！」

ランカードが言うと、国王がわずかに顔をあげた。

「ランカード……それは、まことか」

「はい」

ひざまずいたまま、左胸に手をあてる。

「この命にかけても」

「ならば、至急近衛《このえ》騎士団から選《え》りすぐった人間を連れて行け。お前ひとりでは」

「いえ」

ランカードは言葉を遮った。

「それはかえって危険かと思われます。おそらく、クラウスは決死の覚悟でいるはずです。大勢の気配で万が一逆上し、ソフィア姫に何かあってはそれこそ取り返しのつかないことになります。それに」

一呼吸置いて、ランカードは続けた。

「……命をかけた者同士の戦いに、手出しは無用です」

「ランカード――お前は、そこまで………」

王が椅子から立ち上がった。ランカードの元まで来て、その手をとる。

「陛下……」

「ソフィアを――頼むぞ、ランカード」

「はい――……!」

王の手はショックのためか冷たく、しかし力強かった。ランカードは誓うように、王の手を握り返した。

常に激しく吹雪《ふぶ》いているはずの薄氷の地は、不思議なことにいつもより相当視界が晴れていた。

これを祝福ととろう、とランカードは思った。自分をソフィアのところに連れて行くために、天候までが味方しているのだと。

急げ。

急げ。

自分に言い聞かせ、足を速める。

クラウスはふたつの宝珠を持っているのだ。ひとつでは無理だった竜王の復活も、ふたつになれば可能性が倍になる。さらに、これはまったくランカードの推測だが、ソフィア姫が何か影響をもたらしたりはしないのだろうか。……姫は竜を封印した王家に連なる血筋なのだ。

ようやくたどり着いた洞窟は、やはりとてつもなくでかい口を開けて、入り来る人間を容赦なく呑《の》み込むように見えた。

（ソフィア）

ランカードは心の中でソフィアの名を呼んだ。それが、彼にすべての能力を授けてくれる魔法の呪文《じゅもん》であるかのように。

一度訪れて、ある程度洞窟の中の様子はわかっている。ランカードは極力気配を殺し、クラウスに気取られないよう、奥へ奥へと進んだ。

そして――。

氷の張りつめた壁に、闇《やみ》の色をした竜王ディアブルの姿が見えた。

ごくり、と息を呑む。その大きさ、その威厳、存在だけでこちらを圧してくると同時に、ランカードは竜王がまだ氷の中で眠っているらしいことを確認し、ひそかに安堵《あんど》すると。

ちかり、と赤い光が見えた。

（ドラゴンドロップの光だ）

その光こそ、ランカードをクラウスのところへ――つまりはソフィアのところへ導いてくれる、希望の光でもあった。

ドラゴンドロップを闇の中の目印に、ランカードはさらに細心の注意を払って進み、ついにその視界に、クラウスの姿を捕らえた。そして、やや離れた岩柱にいましめられた、ソフィアの姿も。

（ソフィア……——！）

ソフィアは口を布で封じられ、何も言えないようにされていた。ただその瞳《ひとみ》は、怒りの色を秘めて、クラウスを睨《にら》み据えている。

ともかくソフィアの無事が、ランカードを少し落ち着かせた。

岩陰から、ゆっくりと辺りを窺《うかが》うと、クラウスの手で高々と掲げられたふたつのドラゴンドロップがランカードの目を射た。

「ディアブルよ！」

鋭い声が空気を震わせる。

「——目覚めよ、竜王ディァアブル！」

叫ぶとともに、クラウスは宝珠に何か念を込めるように頭を伏せた。

（……………！）

ふたつのドラゴンドロップの中にある、砂に似た光の粒が、ゆるゆると円を描いて動き出した。

「うぉぉぉおおおお……！」

クラウスの低い唸《うな》りとともに、光の粒子は回転のスピードを速め、ふたつが呼応し合うように反応すると、ドラゴンドロップは中の光の砂をふりまくように発光し始めた。

（——……まさか！）

このまま竜王が復活してしまうのか——ランカードは腰の剣に手をかけ、飛びかかる準備をするが、身体《からだ》がうまく動かない。これもドラゴンドロップの力だろうか？

（くそっ——）

じれるランカードの目の前で、光の渦はどんどん大きくなっていき、竜王の封じられている氷の壁の中まで届くかに見えた。

ごごごごご……。

かすかな地鳴りが聞こえた気がした。

（まずい——！）

歯がみするものの、ランカードにはどうする術《すべ》もない。ドラゴンドロップの光に照らされて、恐怖に顔をひきつらせるソフィアが目に入る。

（ソフィア……——！）

こんなに近くにいるのに、どうにもできないのか。

氷の奥に眠る竜王の姿が、鮮やかな光に浮き彫りになり——。

だが。

地鳴りは、静かにおさまっていった。

それに気づいたクラウスが顔を上げる。

「…………どうした！　ディアブル！」

ヒステリックな叫びが洞窟にこだまする。その反響が消えゆくように、ドラゴンドロップの光も少しずつだがおさまりつつあった。

「……これでも足りぬというのか！」

クラウスの声が、極度のいらだちに裏返る。

「私の血が――お前の一族に由来する私の血が不満なのか！　ディアブルよ！」

なるほど、レマの言った通りだったのだ。クラウスの身体の中には、竜族の血がやはり流れていたのだ。

それでも竜王が復活しないのは、クラウスに流れる竜族の血が足りないだけではなく、ドラゴンドロップの絶対数の問題ではないのだろうか。少なくとも、マイシェラがひとつ持っているはずだ。それをクラウスは知る由《よし》もないのだから。

「ちっ……！」

振り向いたクラウスの、苦虫を噛みつぶした顔が見えた。あわててもう少し隠れようかと思ったが、ランカードに気づくこともなく、クラウスはソフィアの方に向き直った。

そのまま、にやりと笑う。

「――ソフィア姫」

クラウスがソフィアの口を覆っていた布を取り去ると、ソフィアは空気を求めて何度か深呼吸をしてから、きっ、とクラウスをにらみつけた。

「……クラウス！　この縄を解きなさい！」

「何を言ってる。私がきみの言うことをどうして聞かなければならないんだ？」

そういらついた声で言って、しかしクラウスは急に表情を変えた。

「クラウス！」

ソフィアは気丈な瞳でクラウスを見上げ、もう一度厳しい口調で叫んだ。

「――そうか」

クラウスの顔が歪《ゆが》んだ。笑ったのだ。

「……言うとおりにしてあげましょうか、ソフィア姫」

「っ――……！」

ざんっ、という空を切る音がした。

言うなり、クラウスは剣を出してソフィアを岩に縛りつけていたロープを切った。間近で刃物を振るわれて、ソフィアが息を呑《の》んだのがわかった。そのまま、勢いで石の床に転がる。

「縄を解いてあげましたよ」

静かな声、そしてたたえた笑みが、かえって不気味なのか、ソフィアがやや後ずさる。

「――……クラウス？」

「このっ！」

ソフィアが震える声で名を呼んだ時にはもう、クラウスはソフィアの上にのしかかるようにして、ドレスを引きちぎっていた。

「きゃあっ！」

逃れようとするが、まだいましめられたままの手首の縄がソフィアの邪魔をする。

「――こうなったら、その純潔だけでもいただいておこうか。昔、封印した竜の血が流れる王族の子が産まれるぞ」

「やめてっ！」

びりり、と裂かれた布の奥に、ソフィアの白い肌が覗《のぞ》いたかと思った瞬間。

「――クラウス！」

ランカードは立ち上がった。もう、光の呪縛は消えていた。

「やめるんだ、クラウス！」

いると思ってもいなかった三人目の登場に、クラウスとソフィアが同時にこちらを向いた。

「ランカード！」

ソフィアの声が喜びに弾《はず》む。

「クラウス。もう、お前の自由にはさせない」

「――ほう」

クラウスは下目遣いにランカードを見て、笑った。整った顔だけに、ひどく凶悪に見える笑み。

「きみに私が倒せるのか？　剣の力が私に及ぶというのか」

「うるさい」

ランカードは剣を抜き、構えた。剣の技は、騎士たちの中では抜きんでているランカードでも、クラウスには遠く及ばない。それは自分がいちばんよく知っている。

「……そんなことはどうでもいい。俺《おれ》はお前が許せない、それだけだ！」

「ふん」

クラウスもまた、腰の剣を抜いた。闇の中、氷の反射だけを受けて輝く剣の刃は、クラウスの剣技にも似て鋭い。

「ならばかかってこい。どこからでもな」

そう言って、クラウスは剣を正眼に構えた。それだけで、奇妙なほどの威圧感がランカードを襲う。

「くっ――……」

本来は勝てぬ勝負だ。格が違う。だが、ランカードはどうやっても戦わなければならない。そして、勝たねばならないのだ。

いつか、城の訓練場でクラウスと剣で組み合ったことはある。負けはしたが、それでもほかの騎士たちとは違い、少なくともクラウスの息を荒げるまでには戦い抜いたランカードだ。

その時とは、ほとんど灯りのない場所での勝負ということが違うが、それはふたりとも同じ条件のはずだ。

処刑される身だったクラウスは、おそらく死を覚悟した以上、恐《こわ》いものは何もないだろう。

そしてランカードも、自分の命よりは――ソフィアの方が大事だった。

(心では互角だ。いや――俺の方が、強い)

ランカードは深く頷いた。騎士は、自ら守る者に対しては捨て身で戦う。その相手が、誰よりも大切で、愛している人間だとすれば、想《おも》いの強さで何が劣るというのだろう。

「行くぞ、クラウス！」

一声叫んで、ランカードはクラウスに向けて斬《き》り込んでいった。

カシーン！

ふたつの刃がぶつかり合って、激しく空気を揺らす。

「ランカード！」

ソフィアが叫んだ。

「ランカード、私はあなたを――信じています、信じて……います！」

（ソフィア……）

剣を切り結んだまま、クラウスがにやりと笑った。

「ほう。美しいなあ、まったく。保育士と園長の純愛か」

喉声で嘲笑《ちょうしょう》して、クラウスはかしり、と剣をひるがえした。勢いで、ランカードの身体がかしぎ、バランスを崩したところをクラウスの剣が閃《ひらめ》いた。

「うっ――……！」

「ランカード！」

肩の辺りの服を切り裂かれたのがわかる。一瞬の後で、痛みが襲ってきた。

「美しいが、それで勝てるなら苦労はしないだろう」

クラウスがもう一度斬りかかってくるのを、かろうじてかわした。

一瞬、不安が胸にこみ上げる。

勝てるのか――……？

いや。

瞬時にうち消して、ランカードは剣を持ち、姿勢を立て直した。

疑問を持ってはいけない。勝つのだ。ソフィアのために。


「く……――」


しかし、本当にクラウスには隙《すき》がなかった。自信と実力に裏打ちされた余裕で、クラウスはまったく無駄な力の入らぬ構えでランカードを待ち受ける。

どうやって戦えば勝てるのか？

クラウスをにらみ据えながら、ランカードは唇を噛んだ。


何度刃《やいば》を交えたことだろう。ランカードの身体には数え切れぬほどの裂傷があった。まるで、なぶり殺しにでもされているように、致命傷ではない傷ばかりが増えていく。

（……おもしろがってるな）

腹立たしく思いながらも、せいぜい剣をかわすことしかできない自分が、ランカードは口惜《くや》しかった。

（こうなったら――……）

捨て身しか、ないのか。
それはもう、たった一度の賭《か》けだった。攻撃にすべてを賭ければ、失敗した時にはもう
――。
だが。もうそれしか手段はない。ないはずだ。
タイミングを計る。刹那《せつな》の賭けのために。
と。
「ランカード……！」
ソフィアの声に、涙が混じっているのが、ランカードには聴き取れた。
「……あなたが好き――ランカード、私は、あなたを、愛しています……！」
（ソフィア――……！）
振り絞るような声は、ランカードの全身に力を注ぎ込んだ。
（負けない）
互いの想いがある限り、負けはしないのだ――それは確信に近かった。
軽い昂揚《こうよう》と、不思議な落ち着きがランカードを支配する。五感が研ぎ澄まされていく。
「はあっ！」
斬りつけてきたクラウスの刃を受け、はじき返した瞬間。
（ん……――？）

見えた。

クラウスの構えの、かすかなゆるみ。

(今だ！)

ランカードはクラウスの胸元に飛び込んだ。

「うっ！」

思いきり身体をぶつけると、クラウスの姿勢がさすがに崩れる。と、クラウスの胸の隠しから何かがこぼれ落ちそうになった。

ドラゴンドロップだ。

「あ――……！」

クラウスが顔色を変えた。

ドラゴンドロップが、ほのかに光を放ちながら転げ落ちる。

その光に向かって、ランカードは思いきり剣を突き出した。

ぐさり、と。

大きな抵抗感と、明らかに――肉をえぐる、感触。

「ぐっ…………！」

クラウスの声が濁った。

「……ばか、な――……」

クラウスの、信じられぬ、とばかりに見開かれた瞳が、最後にランカードを見た。そしてそのまま、どう、と石の床に崩れ落ちる、音。

「……………」

ずるずるとランカードも床に腰をついた。手に握った剣は、間違いなくクラウスの心臓を貫いている。

(勝ったのか………?)

真っ白になったランカードの意識が、徐々に戻ってくる。

「ランカード——……!」

ソフィアの声が、した。

ゆっくりと、そちらを向く。

「ソフィア………」

声がかすれて、うまく名前が呼べない。

大好きなひとの、名前なのに。

「ランカード——よかった、あなたが……あなたが無事で………」

ソフィアの声が潤んでいる。

ランカードはゆっくりと立ち上がった。全身が震えているのを、何とかソフィアの側まで這うように歩く。白いドレスは、クラウスの隠しからこぼれ落ちたドラゴンドロップのごくわずかな光と、氷の反射を受けて、夢のように美しく輝いていた。

そうだ。

そこが——自分の行くべき、たったひとつの場所だ。

「ランカード……」

手を伸ばしてきたソフィアの手首がまだ縛られたままなのに気づいて、ランカードは落ちていたクラウスの剣を取って、ロープを切った。

「ソフィア——」

「ランカード…………！」

抱きしめた腕の中に、ソフィアが、いる。

それを実感できた瞬間に安堵したのだろう。ランカードは自分が相当傷を負っていることに気づいた。

「ううっ……」

「——ランカード？　……ランカード！」

ソフィアの心配そうな声を聞きながら、襲ってくるどうしようもない痛みに、ランカードの意識は静かに闇に溶けていった。

傷が癒《い》えて動けるようになるまで、数日かかった。まだ完治までには時間は必要なようだが、それでもランカードは、何とか王に拝謁できるまでにはなっていた。

謁見の間でランカードがひざまずこうとすると、それを国王は止めた。

「……本当に、何と礼を申してよいかわからぬ」

ソフィアを傍《かたわ》らに従えた国王が、ランカードをあたたかな瞳で見つめて言った。

「ソフィアから、一部始終は聞いた。……ランカード、お前はソフィアだけでなく、このイヴェール王国を救ったことになるな」

「………………」

ランカードはただ深く頭を垂れた。

実際、クラウスの計画していた竜王復活は果たされなかったが、あそこでクラウスがまた逃げ延びて、ドラゴンドロップをまた幾つか集めて来たなら――。あの巨大なディアブルがよみがえることを考えると、想像するだに恐ろしかった。

そういう意味では、ランカードはイヴェール王国すべてを救ったと言っても過言ではないのかもしれなかった。

しかし、そんな仮定の話はどうでもいい。ソフィアが救い出せた、それだけが真実としてここにある。

「ランカード。ここへ」

「はい――」

王に招かれて、ランカードは立ち上がった。

その横に立つソフィアは頬《ほお》を染め、静かに微笑《ほほえ》んでランカードを見つめている。

「ランカード」

国王が、笑った。

「最初から、ランカードでなければ嫌だったのだと、ソフィアに言われてな」

「は――……？」

ソフィアを見ると、さらに頬が赤くなっている。

「ランカード。――お前なら、ソフィアとふたりこの国をうまく切り盛りしていってくれるだろう」

「陛下――」

注がれるソフィアの視線が、あたたかかった。

（もしかして……）

ランカードが呆然《ぼうぜん》と国王を見ると、王は大きく頷いた。

「婚儀の準備が整うまで、ゆっくり身体を休めるがいい」

（と……いうことは――）

結婚？

（俺と——ソフィアが、結婚？）

言葉は理解できても、状況がうまく把握できない。

ただランカードは、自分に絡みつき身動きを取れなくさせていた、重たくうっとうしい何かが、消えていくのを感じていた。

もうソフィアとの間に、何の枷《かせ》も存在しない。身分の違いも、外的な状況の問題も、おそらく、心を偽らなければならないようなことは、すべて。

それだけは、事実だ。

「よいな」

「——……はい」

頭を下げると、静かに、ゆっくりと、歓《よろこ》びが全身に満ちてくる。

（——俺が、ソフィアと）

それは夢よりも夢に似て、しかし、確かな現実だった。


嬉《うれ》しそうなフェイに呼ばれて、訪れた深夜のソフィアの部屋は、相変わらず冴《さ》えた月の光が射し込んで、どこか幻想的な空気を漂わせている。

その真ん中で、天蓋《てんがい》付きのベッドの縁に腰かけていたソフィアが、ランカードの姿を認めて立ち上がった。

「ランカード……」

薄い夜着姿のソフィアは、ひどく美しかった——どこか、この世に生きているひとではないほどに。

「ソフィア——」

呼んで、そっと近づいてみた。間近で覗き込むと、ソフィアは少し照れたように笑う。

この笑顔が好きだと思う。永遠に微笑んでいてほしいと思うし、彼女の笑顔を守れる立場にある自分がただ幸福だと感じる。

どちらともなく腕を伸ばして抱き合うと、抱きしめたソフィアの長い髪が甘く香った。

「うれしい……」

ランカードの胸に顔を埋めて、ソフィアが小さな声で言った。

「ええ——」

ランカードはかすかに口ごもった。

「……実はまだ、信じられないような気持ちです」

「ランカード」

ソフィアが見上げた顔で、くすりと笑った。

「もう、そんな言葉遣いはやめてください。私たちはもうすぐ、夫婦なんですよ？」

「え……あ、はい」

「園長先生だった時みたいに——そう」

ソフィアがゆっくりと、瞬きをする。

「ソフィア＝アデネード、それにソフィア＝イヴェール＝ラレンシア。どっちでもいいんです。どっちも私で——どっちの私も、ランカードが好きです」

微笑んだ瞳が、かすかに潤んでいた。

「愛しています、ランカード」

「ソフィア……！」

胸に、熱いかたまりがこみ上げる。

「——愛してる。ソフィア……きみを、愛してる」

「ああ！」

抱きしめる腕に力を入れると、ソフィアが頬《ほお》をすりつけてきた。

「……やっと、言ってくれましたね」

ランカードの頬に濡れた感触が伝わってくる。愛《いと》しさに、めまいがした。

宝物のようにそっと抱き上げて、ランカードはソフィアをベッドの近くに運び、静かに上に下ろした。そのまま軽く体重をかけるようにすると、ソフィアはランカードのするままに、身体をベッドに横たえる。

「ランカード……」

ソフィアの瞳が少し不安そうに揺れるのを見て、ランカードはソフィアの髪をやさしく撫《な》でながら言った。

「——俺を信じて、ソフィア。あの洞窟の時みたいに」

ソフィアは一瞬不思議そうな顔をしたが、すぐにその唇に微笑みが浮かんだ。

「……はい」

ソフィアは頷いて、目を閉じた。


薄物の下から現れた裸体は、すんなりと白い。ソフィアのかすかな緊張が伝わってくるが、またソフィアが幸せそうにしていることも真実だった。

「きれいだ……」

素直に本音を言うと、ソフィアがはにかむように微笑《わら》う。

心に導かれるままに、乳房に手を伸ばし、口づけた。

「あっ——……」

ぴくりと緊張したソフィアの身体に、そっと手のひらで触れた。

落ち着かせるように——そして、想いを伝えるように。

触れるごとに、ソフィアのすべすべした肌がだんだん熱を持って、かすかなピンクに色づく。

「んっ……」

全身を手で愛撫《あいぶ》しながら、ランカードは唇で、ふくらみのてっぺんにある小さな果実を転がした。噛みつぶしたくなる衝動をこらえて。

「は……ん、ぁっ……——」

食べてしまいたいという欲求は、その相手を自分のものにしたいということだと、そして、ひとつになりたいという気持ちなのだと、改めてランカードは感じる。

ただ、ソフィアがほしかった。

「ランカード……」

ソフィアのしなやかな腕が、ランカードの背に巻きついてくる。柔らかに力のこもったその手が、ソフィアもランカードと変わらぬ想いを持っているのだと語っていた。

「ん、ぁ、あ……ふしぎな、感じが……します——……」

少し震えた言葉が、熱い吐息とともに吐き出される。甘く香る息に誘われるように、ランカードが深く口づけると、ソフィアの舌が応《こた》えてきた。

「ん、ん……、う——……」

熱い口腔《こうくう》で唾液《だえき》が溶け合う感覚。こみ上げてくる欲望に、ランカードの中心が激しく熱を持つ。

「ソフィア……ソフィア――……」

かすれる声で愛しいひとの名を呼びながら、全身にくまなくキスの雨を降らせた。吸い上げるとかすかに紅《あか》い刻印が残る。

「ランカード……ん、ぁ……――」

ソフィアの指がとまどうようにランカードの髪をかき回す。

（だめだ――……）

ソフィアの肌に触れているだけで、いや、ソフィアがこの腕の中にいるという事実だけで、気が狂いそうになる。

くびれたウエストから、なだらかな下腹部に口づけつつ、驚かせないようゆっくりと指を太ももの合わせ目に滑らせていくと、ソフィアの身体がさすがに緊張した。

「ぁ、ラ、ランカード……」

薄い柔毛をわけてデルタをなぞると、やはり柔らかな花びらがランカードの指を待っていた。

そっとまさぐると、にじむように湿った花びらが、小さく震える。

「あ、んっ……！」

その奥に徐々に指先を進めていくと、まだ受け入れることにまったく慣れていない秘口が、指先を咥《くわ》えて締まった。

それを解きほぐすように、静かに指を差し入れていく。

「――ん、あっ……」

痛いのか、ソフィアの声がやや高くなった。

「ソフィア……大丈夫だから、力を抜いて」

「あ……は――はい……ぁっ――」

ソフィアは頷いて、息をふうっと吐き出した。緊張がやや消えた瞬間を狙《ねら》って、また奥へと指を進めていく。熱い蜜壁《みつへき》がランカードの指を包んで、ひくん、と震えた。

「あ…………」

ソフィアの細い声が、ランカードの欲望をどうしようもなく刺した。

もう――辛抱できない。

身体を起こして、もうすっかり硬直した自分のものを、ソフィアの小さな入り口に押しつける。

「ラ、ランカード……」

何が起こるのか予期したソフィアの声が、怯《おび》えた。

「俺に任せて。さっきみたいに、楽にして」

「あ……、ん、はい……」

安心させるように抱きしめて、ランカードは腰を進めた。

ぐっ、と鈍い抵抗感があり、花びらに包まれた先端がきつく絞られる。

「う……」

「あっ――……！」

抱きついてくるソフィアを抱き返し、さらに腰に力を入れる。いきり立った肉棒がソフィアの秘壁を埋めて――何か、ぷち、と切れる感覚とともに、すべてがおさまった。

「んっ、ぁぁっ――！」

ソフィアがうめいた。息が、荒い。

「ソフィア……？」

ランカードが窺うと、ソフィアはしかめた眉《まゆ》をほどいて、瞳を上げた。その目が、濡れている。

「平気、です……ぁ、く……――」

埋め込んだままにしていると、ソフィアの息づかいにつれて秘肉が震えるのを感じる。

ここに、ソフィアがいるのだという、確かな感覚。

「だって……私たち――……今、ひとつ、ですよね……？」

ランカードの想いが通じたかのような言葉が返ってくる。たまらなくなって、細い背をいっそう強くかき抱いた。

「ソフィア……そうだよ。これで、俺たちはひとつなんだ」

「あぁ……！」

ソフィアの目尻から、透明なしずくがこぼれた。

「私、うれしい……――うれしい、です……」

「ソフィア――……」

こんなに素直な歓びを目の当たりにして――どうして愛さずにいられるんだろう。

初めての彼女を傷つけたくない、という想いと、どうやっても自分のものにしてしまいたい、という激しい欲望の狭間で、ランカードは悩み、しかし。

「ソフィア――少し、痛いと思うけど……我慢してくれる――？」

「え……？」

不思議そうにランカードを見て、だがソフィアは、そのまま首を縦に振った。

「ソフィア――……」

その答えに甘えるように、ランカードはゆっくりと身体を上下に動かし始めた。

「あ、ぁあっ……！」

細い悲鳴が月の光の中に響く。

きしむ蜜壁にこすられる感覚。ソフィアの中は熱っぽくて、充分な湿り気はないものの、柔らかくきつくランカードを締めつけてくる。

「ん、ぁ……あ、ふ――……！」

ソフィアの指がシーツを掴《つか》んだ。ランカードの動きにつれて、長い髪が散らばって汗に濡れる。

「く……う、あ、ぁ……ランカード、ランカード……」

たったひとつの呪文のように、呼びかけられる名前。

ランカードはもう、何を抑える術《すべ》も持たなかった。自分の呼吸が耳に届く。ソフィアの乳房が弾んで、柔らかなデルタがピストンを何度も受けとめては、ぎちっ、ぎちっ、という悲痛な、しかしなまめかしい音を立てる。

「あぁぁっ……！」

「ソフィア――……！」

あっという間に近づいてきた限界にランカードは激しく肉棒を抜き差しし、最奥まで突き入れた瞬間に、欲望がはじけた。

「ぁっ……！」

ソフィアが全身をのけぞらせる。

どくどく、と脈打つランカード自身が、ソフィアの蜜壁に抱きしめられる感触。

熱い樹液をすべて吐き出しながら、ランカードは、震えるソフィアをもう一度思いきり抱きしめた。

エピローグ

舞い散るのは本当の花びらと、そしてイヴェールの民たちが作った、溢《あふ》れんばかりの紙吹雪だった。

「ソフィア姫さま、おめでとうございます！」

「ランカード様、おめでとう！」

わーわー、という歓声とともに、また紙吹雪が舞い散る。

その中心にいるのは、イヴェール城のテラスから手を振るふたり。

婚儀用の豪奢《ごうしゃ》なドレスに、ヴェールも清楚《せいそ》なソフィア＝イヴェール＝ラレンシア姫。

隣には、騎士の正装に身を固めたランカード＝ケーブルが、ソフィアを守るように立ち、落ち着いた笑みを見せていた。


「……ソフィア姫、すっごくきれいだね」

そう言ってマイシェラが、紙吹雪を投げる手を止めて吐息をついた。

「そうね」

傍《かたわ》らにいるレマも、静かに頷《うなず》く。

「——幸せそうじゃん、ランカードも」

テラスを見上げてコリンが言う。

「うん。……あたし、お兄ちゃんが幸せそうで——よかったと、思うんだ」

「……マイシェラ」

少しとぎれがちになってしまったマイシェラの言葉に、コリンが背をぽんぽん、と叩《たた》いた。

「えらいよ、マイシェラ」

「え？　そうかな」

「そうだよ。マイシェラはえらい」

「コリンさん……」

うんうん、と首を振るコリンの横で、レマも穏やかな、あたたかい笑みをうかべてマイシェラを見つめている。

「……えへへっ」

ぺろり、と舌を出して、マイシェラはまた一生懸命紙吹雪を投げ始めた。

「おめでとう、お兄ちゃん、ソフィア姫――！」

そんなマイシェラを見ながら、コリンとレマはそっと目を合わせて小さく頷き合った。


部屋をノックすると、フェイの手を借りて、ソフィアはちょうど花嫁のヴェールをはずそうとしているところだった。

エピローグ

「……どうしたんですか、ランカード？」

誓いの儀式から大々的なパレード、それにテラスからのお披露目という大役を終えたばかりのソフィアだったが、その顔は疲労の色もなく歓《よろこ》びに輝いている。

「ん？　ほら、これ。早く見せてやろうと思ったからさ」

「え？」

品のいい包み紙で丁寧に包装された、小さな箱をソフィアに手渡すと、ソフィアは首を傾げた。

「これは――」

「いいから、開けてごらん」

白い花が一輪添えられたその贈り物を開けると、中には封筒と、お菓子が入っていた。

「このドラジェは……、もしかして――」

結婚式によく使われる、木の実を砂糖衣でくるんだドラジェは、見ただけでもわかる素晴らしい出来映えだ。開くと砂糖の甘い匂いの中に、かすかに洋酒が香った。目立たないところに気をつかった、この職人仕事は――。

何かを気づいたらしいソフィアが、封筒の中のカードを開いたところで、その手が止まった。

「みんな――……！」

ソフィアの顔に浮かんだ微笑《ほほえ》みが、涙と混ざって複雑な色になる。ランカードは大きく頷いて、ソフィアの背を抱いてやった。


レマの選んだ花、コリンが心を込めて作ったドラジェ。

そして中のカードは、きっとマイシェラが集めたのだろう、マイシェラたちのに加えて十人の子供たちからの祝福のメッセージが書かれていた。

「みんな……なんて、なんて——……」

ソフィアはもう、何を抑えるでもなくぽろぽろと涙をこぼしていた。

「……ソフィア」

ランカードは静かにソフィアの身体を抱き寄せた。察したフェイが、そっと部屋を出ていったのがわかった。

「私、私——……」

涙ににじんで、ソフィアの言葉がうるむ。

「私——……イヴェールの王女でよかったですわ。……こんなにやさしい、いいひとたちに出逢《であ》えて…………」

ランカードを抱きしめるソフィアの手に、力がこもる。

「それに……何よりも」

小さい声で、しかしはっきりと、ソフィアは言った。

「あなたに、出逢えたんですもの――……」

「ソフィア――……」

愛《いと》しい、ひと。

ランカードは、大切な花嫁を腕に抱いて、ただもう一度ゆっくりと口づけた。

END

あとがき

どうも、お久しぶりの村上早紀です。

小説『インファンタリア』、楽しんでいただけましたでしょうか？　いただけてるといいなあ。原作のソフトは、すごくていねいに作られてて、シナリオもボリュームたっぷりで本当におもしろいんですよ。特に、今回の小説では描けなかったマイシェラやレマのシナリオを見ていただきたいです。マイ、かわいいですよ〜♪

ここのところずっとゲームテキストのお仕事が多くて、ノベライズからは遠ざかっていたので、紙に印刷された自分の文章を読むのは不思議な気持ちがしました（笑）。

これを書いている間、ひとを好きになることについて、とかずっと考えてしまったり。実体験から言えば（笑）、強く想えば相当、想いは通じますよ。ただ、相手の気持ちとか迷惑とかは考えないと危険なんで、その辺のバランスをとって恋をしてほしいと思います。

おいおい、なんだかキザなあとがき書いてるぞ……でも恋愛はマジで楽しいですよ。つらいこともいっぱいあるけどね。

というわけで、お世話になったみなさまに感謝しつつ。

またお会いしましょう。では♪

村上　早紀　拝

Infantaria《インファンタリア》

2001年７月30日 初版第１刷発行

著　者　村上 早紀
原　作　サーカス
イラスト　七尾 奈留

発行人　久保田 裕
発行所　株式会社パラダイム
〒166-0011東京都杉並区梅里2-40-19
ワールドビル202
TEL03-5306-6921 FAX03-5306-6923

装　丁　林 雅之
印　刷　株式会社シナノ

既刊ラインナップ

定価 各860円+税

1 悪夢～青い果実の散花～ 原作:スタジオメビウス
2 脅迫 原作:アイル
3 痕～きずあと～ 原作:リーフ
4 慾～むさぼり～ 原作:May-Be SOFT TRUSE
5 黒の断章 原作:Abogado Powers
6 淫従の堕天使 原作:DISCOVERY
7 Esの方程式 原作:Abogado Powers
8 歪み 原作:May-Be SOFT TRUSE
9 悪夢 第二章 原作:スタジオメビウス
10 瑠璃色の雪 原作:アイル
11 官能教習 原作:テトラテック
12 復讐 原作:クラウド
13 淫Days 原作:ルナーソフト
14 お兄ちゃんへ 原作:ギルティ
15 緊縛の館 原作:XYZ
16 密猟区 原作:ZERO
17 淫内感染 原作:ジックス
18 月光獣 原作:ブルーゲイル
19 告白 原作:ギルティ
20 Xchange 原作:クラウド
21 虜2 原作:ディーオー

22 飼 原作:13cm
23 迷子の気持ち 原作:フォスター
24 ナチュラル～身も心も～ 原作:フェアリーテール
25 放課後はフィアンセ 原作:スィートバジル
26 骸～メスを狙う顎～ 原作:SAGA PLANETS
27 朧月都市 原作:GODDESSレーベル
28 Shift! 原作:Trush
29 いまじねいしょんLOVE 原作:U・Me SOFT
30 ナチュラル～アナザーストーリー～ 原作:フェアリーテール
31 キミにSteady 原作:ディーオー
32 ディヴァイデッド 原作:シーズウェア
33 紅い瞳のセラフ 原作:Bishop
34 MIND 原作:まんぼうSOFT
35 錬金術の娘 原作:BLACK PACKAGE
36 凌辱～好きですか?～ 原作:アイル
37 My dearアレながおじさん 原作:ブルーゲイル
38 狂*師～ねらわれた制服～ 原作:クラウド
39 UP! 原作:メイビーソフト
40 魔薬 原作:FLADY
41 臨界点 原作:スィートバジル
42 絶望～青い果実の散花～ 原作:スタジオメビウス

43 美しき獲物たちの学園 明日菜編 原作:ミンク
44 淫内感染～真夜中のナースコール～ 原作:ジックス
45 My Girl 原作:Jam
46 面会謝絶 原作:シリウス
47 偽善 原作:ダブルクロス
48 美しき獲物たちの学園 由利香編 原作:ミンク
49 せ・ん・せ・い 原作:ディーオー
50 sonnet～心かさねて～ 原作:ブルーゲイル
51 リトルMyメイド 原作:スィートバジル
52 flowers～ココロノハナ～ 原作:CRAFTWORKside・b
53 サナトリウム 原作:ジックス
54 はるあきふゆにないじかん 原作:トラヴュランス
55 プレシャスLOVE 原作:BLACK PACKAGE
56 ときめきCheck in! 原作:クラウド
57 散櫻～禁断の血族～ 原作:シーズウェア
58 Kanon～雪の少女～ 原作:Key
59 セデュース～誘惑～ 原作:アクトレス
60 RISE 原作:RISE
61 虚像庭園～少女の散る場所～ 原作:BLACK PACKAGE TRY
62 終末の過ごし方 原作:Abogado Powers
63 略奪～緊縛の館 完結編～ 原作:XYZ

〈パラダイムノベルス新刊予定〉

☆話題の作品がぞくぞく登場！

118.夜勤病棟
～特別盤 裏カルテ閲覧～

ミンク　原作
高橋恒星　著

　聖ユリアンナ病院で看護婦たちに女体実験を繰り返す比良坂竜二。快楽の虜となった恋たちは、今夜も竜二の元に集うのだった。大ヒット作品「夜勤病棟」シリーズの最新作が登場！

122.みずいろ

ねこねこソフト　原作
高橋恒星　著

　ごく普通の学園生活を送る主人公。そんな主人公をとりまくのは、幼なじみや学校の先輩、そしてかわいい妹たちだ。女の子たちとの楽しい生活は、自然と恋愛感情に発展してゆく。空色に彩られた、淡い恋物語。

125.エッチなバニーさんは嫌い？

ジックス　原作

竹内けん　著

お店のウェイトレスがバニーガール姿のレストラン「プラチナ」で働くことになった縁。その店に勤めるバニーたちはみんなかわいいが、ちょっと変わった性癖の持ち主が集まっていた。

126.もみじ「ワタシ…人形じゃありません…」

ルネ　原作

雑賀匡　著

和人は学園で見かける無口な少女、城宮椛に目をつけた。椛は幼いころ両親を亡くし、親戚の家に身を寄せていた。和人は椛の親の会社を買収し、借金のかたに彼女を手にいれるが…。